Theodor von Heuglin, Werner Munzinger, Gottlob Theodor Kinzelbach, Hermann Steudner

Die deutsche Expedition in Ost-Afrika, 1861 und 1862

Antigonos

Theodor von Heuglin, Werner Munzinger, Gottlob Theodor Kinzelbach, Hermann Steudner

Die deutsche Expedition in Ost-Afrika, 1861 und 1862

Unveränderter Nachdruck der Originalausgabe von 1864.

1. Auflage 2024 | ISBN: 978-3-38615-261-7

Antigonos Verlag ist ein Imprint der Outlook Verlagsgesellschaft mbH.

Verlag: Outlook Verlag GmbH, Zeilweg 44, 60439 Frankfurt, Deutschland, info@outlook-verlag.de
Vertretungsberechtigt: E. Roepke, Zeilweg 44, 60439 Frankfurt, Deutschland
Druck: Libri Plureos GmbH, Friedensallee 273, 22763 Hamburg, Deutschland

DIE
DEUTSCHE EXPEDITION IN OST-AFRIKA,

1861 UND 1862.

ZUSAMMENSTELLUNG

DER

ASTRONOMISCHEN, HYPSOMETRISCHEN UND METEOROLOGISCHEN BEOBACHTUNGEN,
UND DER TRIGONOMETRISCHEN UND ITINERARISCHEN AUFNAHMEN

VON

v. HEUGLIN, KINZELBACH, MUNZINGER UND STEUDNER

IM

OST-ÄGYPTISCHEN SUDAN UND DEN NORD-ABESSINISCHEN GRENZLANDEN.

NEBST EINEM ALLGEMEINEN BERICHT

VON

WERNER MUNZINGER

ÜBER DEN VERLAUF UND SEINE BETHEILIGUNG AN DER DEUTSCHEN EXPEDITION VON MASSUA BIS KORDOFAN,
1861 UND 1862.

MIT VIER ORIGINALKARTEN, EINER ANSICHT UND EINEM GEBIRGSPANORAMA IN FARBENDRUCK.

(ERGÄNZUNGSHEFT N°. 13 ZU PETERMANN'S „GEOGRAPHISCHEN MITTHEILUNGEN".)

GOTHA: JUSTUS PERTHES.
1864.

Vorwort.

Es sind heute gerade drei Jahre, dass die Deutsche Expedition unter Th. von Heuglin in Massua landete, um von hier aus ihre Reise ins Innere von Afrika anzutreten. Die prachtvollen Alpen-Landschaften der Bogos, Mensa und Marea bildeten das erste Feld ihrer mit vereinten und noch ungeschwächten Kräften ausgeführten Arbeiten, Arbeiten, über die wir schon beim Eingange der bezüglichen Original-Dokumente unser Urtheil dahin aussprachen: „dass sie zu dem Vorzüglichsten gehörten, was uns je als Ergebniss derartiger Expeditionen vorgekommen sei". [1]

Wir können nur bedauern, dass uns die Vorlage und Publikation dieser Ergebnisse und somit auch die Begründung unseres Ausspruches erst jetzt möglich geworden ist, denn was die ausserordentlich eifrigen und thätigen Reisenden fast ausschliesslich in der zweiten Hälfte des Jahres 1861 geleistet haben, das hat in ihrer Herstellung zur Publikation nahezu drei Jahre in Anspruch genommen. Die Berechnung der astronomischen Beobachtungen Th. Kinzelbach's durch den Direktor der Königl. Sternwarte in Leipzig, Prof. Dr. C. Bruhns, die Ableitung und Zusammenstellung der meteorologischen und hypsometrischen Beobachtungen ebenfalls von Th. Kinzelbach durch den inzwischen leider verstorbenen Direktor der K. K. Central-Anstalt für Meteorologie und Erd-Magnetismus in Wien, Dr. K. Kreil, die Konstruktion der trigonometrischen und itinerarischen Aufnahmen durch B. Hassenstein und die dazu nöthigen persönlichen Konferenzen mit Werner Munzinger, die Zeichnung und der Stich der Karten und die Ausführung der andern Illustrationen — alles dies hat trotz ernstlichen Wollens nicht früher bewerkstelligt und somit auch die Veröffentlichung gerade der verdienstvollsten und wichtigsten Resultate dieses Unternehmens nicht früher ermöglicht werden können.

Nicht als ob drei Jahre für solche Arbeiten etwa eine lange Zeit wären, — die ganz ähnlichen Forschungen und Beobachtungen in eben denselben nordabessinischen Grenzlanden von Antoine d'Abbadie in den Jahren 1838—1848 nahmen 20 bis 30 Jahre in Anspruch, um sie vor die Öffentlichkeit zu bringen, und erscheinen jetzt zum ersten Male in den Karten dieses Heftes benutzt —, aber mit dem augenblicklich aufflackernden Interesse des Gross-Publikums vermögen gründliche und eingehende Unternehmungen dieser Art nicht Schritt zu halten; das weiland grosse und intensive Interesse für diese Expedition ist längst wie ein Strohfeuer erloschen, von den sieben europäischen Reisenden, welche in ihrem Dienste auszogen, um nach ihrem verschollenen Vorgänger Eduard Vogel Nachfrage zu halten, haben nicht weniger als drei ihr eigenes

---

[1] Geogr. Mitth. 1862 SS. 15 ff.

Grab gefunden: Moritz v. Beurmann, Dr. Steudner und Hermann Schubert, und erst jetzt erscheint der vorliegende erste Abschnitt der wissenschaftlichen Resultate der aufopferungsvollen Bestrebungen dieser Reisenden. Aber ihre Werke leben fort, und wie Eduard Vogel's Reise ein Samenkorn war, welches auf dem guten Boden vaterländischen Strebens aufkeimte und Früchte trug, so wird auch dieses Unternehmen befruchtend nachwirken auf dem Felde geographischer Erforschung, und einen Ehrenplatz einnehmen in der Entdeckungsgeschichte der Erde.

Gerade die vorliegenden Ergebnisse, wie ein Blick auf die Karten lehrt, verdienen die höchste Anerkennung. Während andere grosse Reisende ihre Routen entweder nur itinerarisch — durch Richtungen der Boussole und geschätzte Entfernungen —, oder durch einzelne astronomische Fixpunkte bestimmen, und nur nach einem einzigen solchen Elemente niederlegen konnten, haben die Mitglieder dieser Expedition ausser umfangreichen astronomischen und itinerarischen Aufnahmen auch trigonometrische und hypsometrische Messungen angestellt, zahlreiche saubere Kartenzeichnungen an Ort und Stelle ausgeführt, und mit Einem Wort eine solche treffliche und genaue Basis zur Mappirung der erforschten Gebiete geliefert, wie sie uns wenigstens in unserer 25jährigen geographischen Praxis noch gar nicht vorgekommen ist und auch wohl überhaupt höchst selten vorkommen möchte, ausser wenn europäische Generalstäbe und ordentliche von Regierungen ausgeschickte Vermessungs-Corps zur Anwendung gebracht werden.

Dazu kommt, dass gerade diese Länder ein besonderes Interesse beanspruchen; es sind nicht todtbringende sumpfige oder sandige afrikanische Wüsteneien, die kaum zu weiter etwas taugen, als alle 100 Jahre einmal von einem eifrigen geographischen Reisenden besucht zu werden, sondern es sind Gebiete, die eine Geschichte und eine Zukunft haben, deren ethnographische Verhältnisse Beachtung verdienen, und die vor Allem ein Eldorado des höchsten Natur-Reichthums bilden, welcher sie unter Umständen zu einer bedeutenden kulturhistorischen und politischen Wichtigkeit erheben dürfte. Was z. B. auch einmal der Sués-Canal für eine Wichtigkeit, grosse oder kleine, an sich haben, oder für einen Einfluss auf Weltverkehr ausüben möchte, sie wird gewiss zunächst auf solche in seiner nächsten Nähe liegende Gebiete übertragen werden, die wie diese bei ihrer günstigen Situation und ihren vortheilhaften Naturverhältnissen eine Art „No man's Land" sind, nach welchem irgend eine beliebige europäische Macht die Hand ausstrecken kann. Und dass selbst die Tiefebenen des ost-ägyptischen Sudans — dessen Hauptstadt Kassala eines der geographischen Knotenpunkte der vorliegenden Karten ist — schon jetzt für die Verfolgung der Handelsinteressen nicht unwichtig sind, geht daraus hervor, dass man von der Anlage einer Eisenbahn zwischen dem Nil und dem Rothen Meere spricht, und dass sich zwei Handels-Compagnien gebildet haben, in deren einer Dienste unser Werner Munzinger unlängst wieder dorthin zurückgekehrt ist.

Gotha, 17. Juni 1864.

A. Petermann.

Text.

I. Werner Munzinger's Bericht über seine Reise von Massua nach Kordofan, 1861 und 1862.

Wenn ich es unternehme, einem hohen Comité Bericht zu erstatten über meine wissenschaftliche Thätigkeit bei der Deutschen Expedition, so kann ich freilich nur eine kurze Übersicht über das gesammelte Material geben, da nur die vollständige Ausarbeitung, die noch längere Zeit in Anspruch nehmen wird, mir selber deren Resultate klar machen kann. Das mir zugetheilte Fach war Ethnographie und insbesondere Linguistik; Geographie dann ist der Sammelplatz für Alle.

Ich vereinigte mich den 1. Juli 1861 mit der Deutschen Expedition; der kurze Aufenthalt in 'Mkulln diente dazu, mir die Hydrographie des Samhar klarer zu machen und meine früheren über dieses Land gemachten Beobachtungen allseitig zu vervollständigen.

Der Aufenthalt in den Bogos (von Ende Juli bis Ende Oktober) konnte mir freilich nichts ganz Neues mehr lehren, dagegen benutzte ich ihn, um meine früheren Beobachtungen zu vervollkommnen, bisher vernachlässigte Punkte nachzuholen. So wurden meine Angaben über „Recht und Sitten der Bogos" vielfach ergänzt, die Sprache der Beni Amer und der Barea frisch aufgenommen und grammatisch behandelt, meine Kenntniss über die Zustände dieser beiden Völker vervollständigt und niedergeschrieben. Endlich benutzte ich die übrige Zeit, eine Reise nach den Takue und Marea zu machen, deren erste Frucht die von Herrn Dr. Barth herausgegebene Skizze (Zeitschrift für Allgem. Erdkunde, Band XII) war.

Was die in dieser Zeit gemachten Sprachstudien anbetrifft, so werde ich weiter unten darauf zurückkommen. Die Ergänzungen zu unserer Kenntniss über die Bogos betrafen besonders ihre Geschichte. Durch neue Untersuchung wurde festgestellt, dass die Bogos, den Lasta Agau verwandt, im 16. Jahrhundert in ihre gegenwärtigen Wohnsitze eingewandert sind. — Die Einwanderung war friedlich, da der Grundbesitz in den Händen der unterworfenen Ureinwohner blieb und geblieben ist; die Familie von Boas, die sogenannten Bogos, erhielt erst später das Übergewicht und wurde Adel durch den natürlichen Lauf der Dinge, der den einen Stamm aussterben, den anderen blühen lässt und vervielfältigt. Die jetzige Bevölkerung, die ich von Neuem

einer genauen Schätzung unterwarf, beläuft sich auf etwa 10.000 Einwohner in 20 Dörfern oder Weilern mit einem mobilen Besitzthum von etwa 100.000 Thalern, wovon 300 Kuhheerden den wichtigsten Theil ausmachen. Der höchste bis jetzt an Abessinien gezahlte Tribut war etwa 1000 Thlr. und nahm also 1 Proz. des Vermögens in der Theorie, er lastet aber meist auf dem Erwerb, da vorzüglich die Pflüge besteuert werden, deren wenigstens 1000 im Lande in Thätigkeit sind.

Die Reise nach den Takue und Marea, welche letztere nie von Europäern besucht worden waren, dauerte vom 30. August bis zum 15. September. Da geographisch genommen wenigstens ihre Hauptresultate, wozu ich besonders die feste Bestimmung des Anseba-Laufes rechne, schon bekannt gemacht worden sind, will ich hier kurz die ethnographische Seite darstellen.

Der Stamm Takue's, dessen Ursitz in Mai-Auálid nahe bei Halhal war, ist den jetzigen Herren des Hamasen, dem Stamm Atoschim, genau verwandt und von Gümmegan her eingewandert. Die alten Bewohner des Landes waren die Barea, die ausgerottet wurden. Als die Hochebene dem zahlreich gewordenen Stamme zu eng wurde, breitete er sich in der Tiefebene des Anseba aus, auf seinem linken Ufer von Tschabbab abwärts. Mohammedaner sind die Takue erst seit 20 Jahren — einige Christen giebt es noch jetzt —, aber ihr Recht ist mit wenigen Ausnahmen ganz das der Bogos; auch ihre Sprache, das denselben entlehnte Belén, macht erst nach und nach dem Tigre Platz. Die Bevölkerung mag sich auf etwa 8000 Einwohner belaufen, von denen die Hälfte adelig, d. h. eigentliche Nachkommen Takue's, sind. Diese Berechnung stützt sich auf den bei meiner Anwesenheit erhobenen Tribut von 700 Thaler. Kuhheerden besitzt das Land etwa 300, der Ackerbau wird fleissig getrieben, im Hochland Weizen und Gerste, im benachbarten Tiefland, am Anseba und im Barka (am Fuss des Debre-Salé) Durra und Bohnen. Der Boden hat grösseren Werth als bei den Bogos, besonders auf der engen Hochebene, da der Pacht sich auf $\frac{1}{3}$ der Ernte beläuft.

Die nördlichen Nachbarn der Takue, die Marea, sind, nach der Genealogie zu schliessen, in der Mitte des 14.

Jahrhunderts eingewandert, indem sie die alten Bewohner von Geës-Ursprunge verdrängten oder sich unterwarfen. Der Sage nach sind sie Koreischiten von der Familie des dem Propheten Mohammed so feindlichen Abu Djahel; nach dessen Tode zogen sie über das Meer und setzten sich bei Buri am Golf von Sula (Adulis) fest. Von da verbreiteten sie sich ins Innere und bilden gegenwärtig die Stämme der Haso, Teroä, Mensa und Marea. Die Haso leben im südlichen Samhar wenig zahlreich, die Teroä sind ein bedeutendes Volk geworden, nehmen die Vorberge Abessiniens unterhalb Karneschim und Tsana deglé ein und haben die Sprache der benachbarten Saho (oder Schoho) adoptirt. Die beiden Mensa oder besser Menessé kennen wir bereits. Die Verwandtschaft dieser vier Stämme wie ihre Einwanderung übers Meer steht ausser allem Zweifel, da sie von ihnen allen anerkannt wird. Ein fünfter Zweig dieser Familie, speziell den Marea verwandt, lebt in Sabderát. —

Die Marea sind noch immer trotz der zu festen Sitzen einladenden Hochebonen halbe Nomaden. Sie wohnen in Mattenzelten, die je nach dem Landbau und der Weide den Platz ändern; von Dörfern kann man nicht reden, da jede Familie sich in ihrem Feld absondert. Der Ackerbau gleicht dem Hoch-Abessinischen, besonders in dem Gau Geritscha. Die isolirte Lage schützt das Land vor fremder Einmischung und nur zeitweise hat es sich den Ägyptern und den Abessiniern unterworfen. Der Tribut an die ersteren, der aber nur wenige Jahre entrichtet wurde, belief sich auf 3000 Thaler; die Bevölkerung schwankt zwischen 14- und 18.000 Seelen. Von alten Bewohnern des Landes zeigen sich wenig Spuren, Ruinen steinerner Häuser und die Felsenwohnungen bei Bát, wo natürliche Höhlen künstlich erweitert sind und der Zugang durch eine Mauer befestigt ist.

Recht und Sitte der Marea stimmen in der Hauptsache mit denen der Bogos, der Habáb und Mensa überein, doch charakterisirt dieses Volk die monarchische Gewalt des Stammvaters (Schum) und die konsequent ausgebildete Stellung der Aristokratie gegenüber den sogenannten Tigre. Während die Botmässigkeit dieser letzteren bei den Bogos und Takue fast nur nominell ist, sind sie den Marea gegenüber fast Leibeigene. Sie entrichten grosse Abgaben, sie unterstützen ihre Herren im Meslo (Heirath) und im Reggas (Leichenfeier). Die geringste Widersetzlichkeit wird mit Knechtschaft bestraft. Der Tigre kann mit seinem Herrn kein Ehebündniss eingehen.

Bezeichnend ist ferner, dass wie im benachbarten Barka und bei den Teroä ausserehliche Schwangerschaft für beide Schuldige mit dem Tod bestraft wird; je besser sich die Familie wähnt, um so strenger will sie ihre Ehre wahren. — Die Marea haben wenig Berührung mit dem Ausland, ihre

Sprache ist Tigre. Die rothen Marea sehen den benachbarten Habáb ähnlich und holen sich daher ihre Frauen; die schwarzen Marea nähern sich den Beni Amer. Sie sind erst seit etwa 30 Jahren Mohammedaner geworden und waren früher wohl Heiden oder vielmehr Deisten, da sich keine Spur einer früheren Religion findet.

Der Aufenthalt in Keren erlaubte mir also, meine Studien über Nord-Abessinien allseitig zu vervollständigen; um sie vollends abzuschliessen, musste das Land der Bazen[1] und Barea besucht werden, was zu thun günstige Umstände uns erlaubten. Sie wissen, dass Hr. Kinzelbach und ich uns in Mai Scheka den 11. November von der Gesammt-Expedition trennten. Die Paar Tage, die wir dort zubringen mussten, wurden benutzt, eine astronomisch festgestellte Basis für unsere Route zu gewinnen. Wir konnten ferner über die ethnographischen Verhältnisse des Sarae schätzbare Notizen sammeln.

Die Reise von Mai Scheka nach Kassala theilt sich in 3 Abschnitte:

1) in die Route bis Adiabo, 16. bis 21. Novbr., ungefähr von O. nach W. gehend, das Gebirgsland quer durchschneidend;

2) in die Route von Adiabo nach Mogelo in den Barea, 26. November bis 3. Dezember, ungefähr von S. nach N. gehend und mit dem Gebirgsfall niedersteigend, und

3) in die Route nach Kassala, wieder westwärts gehend, mit einem südlichen Abstecher von Algedén nach Elit und dem Gasch-Strom, 9. bis 22. Dezember 1861.

Zwei Wege führen vom Sarae nach Adiabo; der eine überschreitet das Máreb-Thal bei Gundet, steigt südwestlich zur Hochebene von Schiré hinauf, die sich nordwärts gegen Adiabo hin abflacht. Dieser Weg ist lang, bequem und ziemlich bekannt. Der andere schneidet den Bogen, den der Máreb bildet, und setzt erst über den Fluss, um nach Adiabo hinaufzusteigen; er ist kurz, aber sehr zerrissen und beschwerlich, nie begangen. Dieser Máreb-Bogen ist ausgefüllt durch ein durchschnittlich 5500 F. hohes Bergland, in zwei Stufen aufsteigend; die von Osten vorliegende niedere Stufe ist Barakít, ein wasserarmes zerklüftetes Hügelchaos ohne entwickelte Flächen; die höhere Stufe von grösserer Ausdehnung ist die Provinz Kohein, bis 6000 F. sich erhebend; sie darf schon ein Bergland genannt werden, bietet aber wenig ausgedehnte Hochflächen. Nach Osten hin bietet ihr Barakít einen allmählichen Übergang nach dem Tiefland von Gundet, nach Westen fällt sie schroff gegen den Máreb hin ab. So bildet Kohein mit Barakít eine förmliche Insel. Von Mai-Tsade und Maragus trennt sie die Tiefe von Gundet, vom Qolla Sarae oder Dembelas

---

[1] Der Buchstabe z in den Worten Bazen, Az etc. entspricht nicht unserem deutschen z, sondern dem H der Abessinier, ein ganz weicher Zischlaut, etwa zwischen d und s liegend.

das von Gundet kaum durch einen niederen Sattel getrennte, „Baraka" genannte Tiefland, vom Tigre und Schiré der Mâreb.

Die Ebene von Gundet schickt ihre Wasser dem nahen Mâreb zu, sie ist durchaus Qolla (4500 F.); im Aussehen, Stein und Baum ähnelt sie dem Land der Bogos, sie ist reich an Mimosen, Rhamnus Nebek und Higlig. Das Gestein ist Granit und Thonschiefer; Wasser tief und rar; Fieber sind häufig. Die Bewohner, die zusammengesetzten Ursprunges sind, treiben schöne Viehzucht und pflanzen Durra (Maschéla) und Dagussa. Die Ebene vom Abhang von Mai-Tsade bis zum Abhang von Barakít ist etwa 5 Stunden lang.

Das Hügelland Barakít, von Osten nach Westen 3 Stunden lang, besitzt keine einzige Hochfläche; die Weiler sind auf schmalen Höhen zerstreut und durch Abgründe von einander getrennt; da aber Felsen fehlen, sind die Abhänge mürbe und anbaubar. Die Bewohner sind vom Saraë abhängig und bauen fast nur Maschéla. Ihre Häuser sind von Stein und haben Höfe.

Das Bergland Kohein, bis zu seinem äussersten Ausläufer Mai-Gorso etwa 6 St. lang, besitzt schon einige, wenn auch wenig ausgedehnte Hochflächen, die durch Abgründe unterbrochen sind. Die Abhänge zeigen senkrechten Thonschiefer, auf den Hochflächen finden wir Granit oft in ungeheueren Blöcken hingesäet. Die Vegetation ist spärlich; fliessendes perennes Wasser findet sich nur bei Mai-Mené, wo Markt gehalten wird als Mittelpunkt zwischen Maragus und Adiabo. Sonst herrscht empfindlicher Wassermangel, da der abschüssige Boden das Wasser schnell südlich dem Mâreb zuführt. Die Höhen erlauben den Anbau von Thief und Gerste, aber nicht von Weizen; auch fanden wir schöne Baumwollenfelder, mit Durra zusammen ausgesäet. Die Bewohner sind Brüder von Mai-Tsade. Das Land ist gut bevölkert, aber nur in Weilern. Wie die Bogos Boggu, die Takue Schelab haben und den Anseba, so haben Kohein und Barakít ihre sogenannte „Baraka" (Amhar. Berha), d. h. eine tief gelegene Wildniss, wo der Ackerbau unbeschränkten Raum findet. Diese Baraka zieht sich nördlich bis zum Mâreb hinunter, scheidet Kohein vom Dembelas und ist von Gundet nur durch einen unbedeutenden, als Wasserscheide dienenden Sattel getrennt.

Westlich von Mai-Mené verengt sich Kohein zu einem schmalen Sattel, der nach Mai-Gorso hinüberführt, wo sich das Gebirge noch ein Mal zu einer etwa 1 Q.-Stunde grossen Ebene entwickelt, um dann plötzlich zum Mâreb abzufallen. So steht Mai-Gorso ganz isolirt da; grosse Dörfer bedecken die Hochfläche; ihre Bewohner treiben im Mâreb-Thal bedeutende Durrakultur, selbst in der Höhe wird auch der steilste Abhang nicht unbenutzt gelassen. Da die Mâreb-Fliegen, hier Hedro genannt, keine Viehzucht erlauben,

so werden die Menschen selbst an den Pflug gespannt. Diese sonderbare Art zu pflügen findet sich auch in Adi Golbo (etwas südlich von Mai-Gorso), in Rohabaita (Adiabo), in Mai-Daro (Bazen) und theilweise auch bei den Barea, wenn auch bei den letzteren die Fliege nicht die Schuld dabei hat, sondern die Armuth.

Der Abhang gegen den Mâreb hinab ist steil, aber ohne Felsen. Das Mâreb-Thal ist hier etwa $\frac{1}{2}$ Stunde breit, das Flussbett 150 Schritt breit, wovon nur $\frac{1}{5}$ fliessendes Wasser besass. Die Uferebenen sind niedrig, theils angebaut, theils von Schilf und hohem Gras bedeckt. Wir fanden hier die Bäume des Anseba wieder, die Obel (Tamarix), die Schagla (Sycomore), die Adansonia, ungeheuere Mimosen- und viel Rhizinussträucher. Palmen fehlten. Da unser Barometer hier in Unordnung gerieth, schätzte ich die Höhe des Mâreb nach der Vegetation auf etwa 4000 F.

Indem wir nun über den Mâreb setzend die gewaltige, wohl 6000 F.[1] hohe Felsenburg Tabor Medebei, die Grenze von Schiré, links liessen, stiegen wir allmählich das Hochland von Adiabo hinan, etwa während $2\frac{1}{2}$ St. vom Fluss bis zu dem eigentlichen steilen Abhang, der zu dem bewohnten Land führt und mit Bambusrohr (Schimel) stark bewachsen ist. Der Abhang zeigte uns eine bedeutende Kalkschicht.

Die Provinz Adiabo, mittelbar zu Schiré gehörig, ist Ihnen durch Mansfield Parkyns schon bekannt; als Hochfläche ist sie nur theilweise entwickelt; das Land zeigt sich besonders bei Az-Nebrid als ein Becken, aus dessen Rand hie und da Tafeln hervorgehoben sind. Auf so einer Tafel liegt Az-Nebrid. Die Ebene wird hie und da durch mehrere hundert Fuss hohe isolirte Granitfelsen unterbrochen. Das Land ist reich an Eisen. Die Regierung ist aristokratisch; das jetzige Haupt ist Tsadik, in dessen Abwesenheit sein Bruder Tsélala uns freundlichst aufnahm.

Adiabo ist die äusserste Grenze Abessiniens gegen die Bazen, mit denen es bis jetzt einen beständigen, beide Länder verödenden Krieg geführt hat. Die Bazen zogen sich bis zum Mâreb hinab, die Leute von Adiabo mussten viele nach Norden vorgeschobene Dörfer aufgeben, so dass eine wohl drei Tage lange Wüste die bewohnten Lande trennt und schützt. Der jetzige Fürst des Landes betrieb den Kampf gegen die nördlichen Bazen mit so viel Glück und Energie, dass er sie nicht nur unterworfen hat, sondern sie haben ihm auch den Weg zu den Barea gezeigt, die verheert und unterjocht wurden, und sogar die Leute vom Barka und von Algedén schicken an Tsadik Geschenke. Die Bazen am Takkasé sind eher den Angriffen vom Wolkait her ausgesetzt.

---

[1] Ich rede immer von absoluter Höhe über dem Meere.

Es traf sich bei unserer Ankunft, dass der Statthalter Tséiala einen Heerzug durch die Bazen nach Mogoréb projektirte und wirklich nach unserer Abreise auch ausführte. Wir hatten viele Mühe, Tséiala zu überzeugen, dass unsere Durchreise seinen Plänen Nichts schaden würde. Feierliche Eide verpflichteten mich, nie Etwas zu thun, was Abessinische Interessen gefährden könne, und verbanden die Herren von Adiabo, mich immer als Freund und Bruder anzusehen und zu behandeln. Die Aussicht auf den Heerzug, der uns folgen sollte, zwang uns zur Eile und erlaubte uns keinen längeren Aufenthalt in den Bazen oder den Barea, die Freundschaft aber, die wir mit den Herren von Adiabo schlossen, und die angenehmen Beziehungen, die wir als die ersten friedlichen Reisenden mit den Bazen eingingen, werden es unseren Nachfolgern leicht machen, das Land mit aller Musse zu erforschen. Wir fanden in Adiabo einen Mann von den nördlichen Bazen, Namens Aschku, und mehrere Barea, die uns begleiten sollten. Unser Gepäck trugen Maulthiere, die nebst Eseln allein diese Wildniss passiren können. Die Reise bis Mogelo dauerte 8 Tage mit zwei Aufenthalten in Mai-Daro und Dendera; die direkte Entfernung beträgt etwa 30 Stunden.

Adiabo muss als eine niedrigere Terrasse von Schiré angesehen werden; gegen Osten ist es vom Máreb-Thal begrenzt und auch gegen Westen sinkt es plötzlich zu einer Niederung, einer „Baraka", hinab, die, nur von unbedeutenden Höhenzügen längs des Takkasé unterbrochen, bis an den Fuss der Wolkait-Berge reicht. In die Fortsetzung dieser Niederung fällt Adiabo auch nordwärts ab, aber allmählicher, denn gegen Norden flacht sich das Plateau in Terrassen bis zum Barka ab, die aber alle wieder zu Höhenzügen sich erhoben, um dann um so stärker zur zweiten Terrasse abzufallen.

Von dem letzten Dorf von Adiabo, Tsade-Mudri, führt ein sanfter Abhang zur ersten, schief nach Norden sinkenden Terrasse hinab, so dass ihr Strom, der von West nach Ost dem Máreb entgegenzieht, an ihr Nord-Ende zu liegen kommt, wo sie von einer dem Strom westöstlich parallel ziehenden Bergkette beschränkt ist. Diese Ebene ist etwa 4 St. breit, früher bewohntes Land von Adiabo, jetzt verlassen, von niederem Wald und hohen Gramineen bewachsen, wildarm. Die sie im Norden abschliessende Bergreihe ist auch etwa 4 St. breit; ihre höchste Spitze schaut auf die zweite Terrasse hinab, wohin sie steil abfällt. Diese felsige Bergreihe ist unregelmässig unter einander geworfen; das Gestein ist grüner Schiefer, die Vegetation ärmlich, Mimosen sind vorherrschend.

Die zweite Terrasse ist die Fortsetzung der schon bei Adiabo direkt westlich beginnenden Niederung; im Westen und Südwesten wird sie von den Höhenzügen beschränkt,

die dem Takkasé entlang laufen und von den Dika-Bazen bewohnt werden, im Westen, Norden und im Osten theilweise von den Hügeln und Bergen, die dem Máreb entlang laufen. Die 4 St. lange[1]) Niederung ist von Gras und Rohr bedeckt, nur hie und da schauen Waldflecken wie Inseln aus dem gelben Grasmeer heraus. Sie liegt wüst und leer, ihre Wasser fallen alle zum Máreb nach Osten. Der Boden ist schwarz, oft ganz Moor, der Fels, der hie und da hervortritt, Schiefer, denn Granit giebt es diesseit des Máreb nicht mehr. Termitenstöcke mahnten an das Barka; Wild sahen wir nicht, dagegen Elephanten-Exkremente; selbst Vögel sind selten, dagegen trafen wir viele Bienenstöcke und nur des Honigs wegen wird diese Ebene von den Bazen hie und da durchzogen. Auffallend war uns das nie so gesehene Grün der Bäume. Diese Niederung wird, je mehr wir fortschreiten, unregelmässiger, felsiger und erhebt sich endlich zu einer Hügelreihe, die zum Máreb abfällt. Doch setzt sich die gleiche Niederung noch 4 St. jenseit des Máreb und zwar abgeflacht fort, bis sie von Neuem sich erhebt und eine dritte Terrasse (Betkom) bildet, die nach sechsstündiger Ausdehnung zum Thal der Barea und so zum Barka abfällt.

Wir setzten über das Máreb-Thal bei Mai-Daro, das auf einem Hügel links direkt über dem Flusse gelegen ist. Zu Mai-Daro gehören wohl 20 Weiler, die auf den Hügeln zu beiden Seiten des Máreb gelegen sind. Das Land nördlich von Mai-Daro ist viel ebener und stark kultivirt, während das Land südlich vom Máreb Ein Dornengestrüpp ist und öde daliegt. Den Máreb fanden wir schon trocken, bei Mai-Daro 200 Schritt breit, das Wasser 4 F. unter der Oberfläche. Das Bett ist hier ganz sandig und felsenfrei und soll es so von Tabor Medebei her sein. Lachen finden sich von Zeit zu Zeit, aber eine auch im Sommer kontinuirliche Strömung findet nicht Statt; das Gleiche ist bei allen seinen von uns passirten Zuflüssen der Fall. Wir werden auf diesen Charakter des Máreb als Strom mit unterbrochenem Fluss weiter unten zurückkommen. Am Máreb sahen wir zum ersten Mal bei Mai-Daro Dumpalmen.

Nachdem wir über den Máreb gesetzt waren, durchzogen wir die schon erwähnte, sehr schöne, durchweg gut bebaute schwarzerdige Ebene, die noch zu Mai-Daro gehört, und stiegen dann zu einer wenig höheren Terrasse hinauf, die selbst wieder aus mehreren über einander liegenden Ebenen besteht, und diese werden wir als die Gaue von Betkom, Alommé und Afla kennen lernen, ein sehr bevölkertes, fruchtbares, meist flaches Land. Von Süden her kommend liessen wir Alommé rechts, direkt vor uns etwas

---

[1]) D. h. so lange sie in unsere Strasse fiel.

nördlicher Betkom, parallel mit ihm rechts Afla, das als höchste Entwickelung der Terrasse direkt auf den Oberen Barka hinabschaut. Das Wasser dieser Gaue vereinigt sich mit dem Mogoreïb, der bei Dunguaa in den Barka fällt.

Wir verweilten in Tendera, einem Dorfe von Betkom, zwei Tage und stiegen dann in die Thäler der Barea hinunter, die geographisch zum Barka gehören. Von Mai-Daro bis zum letzten Dorf der Bazen im Norden, Samero, brauchten wir 9 Stunden und fast 3 St. von da his zum Markt der Barea, Mogelo. In diesem Dorfe hielten wir wieder Rast, um unsere Erkundigungen über die Bazen zu vervollständigen.

Von Mogelo his Kassala geht die Strasse ungefähr westlich, sie schneidet das Plateau von Algedén, das eine Verlängerung desjenigen der Bazen ist. Nachdem wir über einen niedrigen Sattel, wo Kalk und Thonschiefer zum Vorschein kamen, in das zweite Thal der Barea, Mogoréb, gekommen waren, lenkten wir in Taura am Abhang von Algedén endlich in die uns schon bekannte Strasse von Bischa her ein. In Algedén bestiegen wir den fast unzugänglichen Berg Dablot, um eine Sicht nach Kassala und dem Máreb im Süden zu bekommen. Der dabei geholten Erkältung verdankte ich das Fieber, das ich erst spät wieder verlieren sollte. Von Algedén machten wir einen südlichen Abstecher nach dem etwa 10 St. fernen Máreb oder Gasch und besuchten auf dem Rückweg das auf einer Felsenburg gelegene Dorf Elit, den letzten Vorposten der Bazen. Von Algedén öffnet sich ein breites Thal nach dem Gasch, eine offene Ebene mit Mimosen und besonders vielen Adansonien, auf deren gehöhltem Stamm das Regenwasser sich lange erhält. Der Gasch hat hier einen freieren Lauf, in seinem Unterlauf tritt er aus den Gebirgen heraus; nur noch ganz isolirte Bergstöcke, wie Elit, Bitáma, Abu Gaml, Kassala, oder Bergreihen, wie Sahderát, unterbrechen die unermessliche Ebene. Alle diese Granitstöcke enthalten auf ihren Gipfeln Wasser; der Berg von Sabderát enthält auch ein reiches Kalklager, das für Kassala ausgebeutet wird. In Elit wurden wir sehr gut aufgenommen; die Leute sind in Nichts von den übrigen Bazen unterschiedlich, nur sind sie Mohammedaner, wenigstens dem Namen nach, und hängen politisch von Algedén ab, dessen Scheich uns dahin geleitete. Physisch zeichnen sich die Elit durch ihre zerfressenen braunen Zähne aus, was die Eingehornen dem häufigen Genuss der Adansonia-Frucht zuschreiben.

Als wir nach Algedén zurückkehrten, erhielten wir die Nachricht, dass das Heer von Adiabo Mogoréb verheert habe und auch Algedén bedrohe. Schon fanden wir das ganze Dorf geflüchtet und mit Mühe fanden wir Leute, um uns nach Kassala zu begleiten.

Um die Gestaltung dieser Länder deutlicher zu machen, sind der Karte Profile beigegeben worden.

Wir müssen nun noch ein Mal auf das durchzogene Gebiet zurückblicken. Die Bazen und die Barea sind sich ihrer Sprache und Tradition nach durchaus nicht verwandt und dennoch stimmen ihre Rechtsbegriffe ganz mit einander überein; historisch wissen wir wenig von beiden Völkern. Die Bazen bewohnten, Abessinischer und eigener Tradition zufolge, früher das Tigre mit der Hauptstadt Axum, bis sie von den Geês-Völkern hinausgedrängt wurden. Die Barea entsinnen sich nicht ihres Ursprunges, dagegen ist das Land der Bogos und Takue voll von Zeugnissen ihrer früheren Anwesenheit.

Die Religion beider Völker war und ist ein gleichgültiger Deismus, eine Idee von Gott mit Originalnamen in beiden Sprachen, aber ohne mir wenigstens bekannten Kultus oder irgend eine christliche Reminiscenz. Die Wochen und Tage verlaufen ohne alle Festtage, es giebt keinen Sonntag. Religiös ist die Sorgfalt, die man auf die Gräber wendet, welche Höhlen sind, wo der Leichnam beigesetzt, nicht begraben wird; religiös die unbegrenzte Ehrfurcht vor dem Alter, das allein regiert. Aberglauben hat das erbliche Amt des Regenmachers gestiftet, des Alfai, der allein wohnt, Regen bringt, und fehlt dieser, hingerichtet wird. Diese Würde existirte früher auch in Algedén und auch bei den Nuba im Djebel Deir soll sie vorkommen. — Beschneidung war von jeher üblich. — Der Islam hat schon grosse Fortschritte gemacht, die Barea sind zum grössten Theil dazu übergetreten, eben so Elit, Eimasa u. s. w. bei den Bazen.

Beide Völker charakterisirt die radikale Gleichheit der Individuen, die Abwesenheit des Staates, Frieden und Recht erhalten durch den gleichmässigen Charakter der Leute und die Ehrfurcht des Jüngeren vor dem Älteren. So leben die Dörfer zusammen friedlich und ruhig, Verbrechen sind selten; dem Ausland gegenüber aber fehlt ihnen der staatliche Zusammenhang, die gegenseitige Hülfe. Beiden eigenthümlich ist die Bevorzugung des Schwestersohnes, der Blut und Habe von seinem Onkel erbt mit Ausschluss der Kinder; eine Familie in unserem Sinne existirt also nicht, der Begriff von Vater und Sohn fehlt, dagegen hängen Neffe und mütterlicher Onkel eng zusammen.

Recht sprechen die Ältesten des Dorfes; die Familie geht schnell in der Gemeinde auf; keine Aristokratie lehnt sich gegen die Beschlüsse der Gemeinde auf, der Begriff von Unterthanen fehlt. Selbst der Fremde wird nach kurzem Aufenthalt den alten Bürgern ebenbürtig. Der Sklave ist nicht an seinen Herrn gebunden, der Begriff von Leibeigenschaft existirt nicht; „wir sind ja alle Sklaven", sagen die Barea demüthig und stolz.

Ein wichtiger Grundsatz des Rechtes bei beiden Völkern ist, dass für die Sache nur die Sache verantwortlich ist; die Person darf der Sache wegen, d. h. für Diebstahl oder Schulden, weder geknechtet noch gefangen noch sonst verlotzt werden. Das Eigenthum ist vom Recht eben so geringfügig angesehen wie vom natürlichen Sinn des Volkes und der Verhältnisse. Der Gleichheitssinn, der im Volke wohnt, fördert kaum die Tendenz, sich zu bereichern; die Leute leben von heute auf morgen und dafür genügt der Ackerbau, den sie fleissig treiben, aber ohne viel mit der Ernte zu handeln. Grund und Boden kann bei der Ausdehnung des Landes nur wenig Werth haben, eine konsequente Viehzucht verbietet die Unsicherheit gegen aussen und theilweise auch das Klima. Deswegen bleibt Diebstahl unbestraft, indem der Wiederfinder nur auf einfache Rückerstattung Anspruch machen darf; der Zeugen- oder Eidbeweis ist ihm nicht gestattet.

Blutrache ist natürlich überall nothwendig, wo der Staat sie nicht besorgt, doch hat sie bei den Barea und Bazen nicht den ausgebildeten Charakter, den wir schon früher an den Geës-Völkern studirt haben, angenommen. Der Mörder muss sich dem Tod durch ein mehrjähriges freiwilliges Exil entziehen, wonach er um ein geringes Blutgeld ausgesöhnt wird. Da die Familie nicht aristokratisch konservirt ist, wie z. B. bei den Geës-Völkern oder den Bogos, so greifen die Bluthändel nicht um sich, da eine Gemeinde leichter Frieden macht als die sich als Einen Mann fühlende Familie.

Der Ackerbau wird bei beiden Völkern ziemlich fleissig getrieben; Durra (Maschéla), Dukn (Bultub), Schebob (eine Ölpflanze) und Sesam sind die Hauptprodukte. Der Tabak des Landes ist sehr stark und schwarz, er wird in Wasserpfeifen geraucht und geschnupft. Das Land der Bazen ist reich an wildem Honig, den sie reichlich essen oder in Wasser aufgelöst trinken, während die Barea sich hauptsächlich von Bier nähren. Dieser Lebensweise schreiben wir es zu, dass die Bazen sehr volle und fette Gestalten haben, während die Barea eher klein und hager sind. Ich habe selten ein so wohl gewachsenes, muskulöses Volk gesehen, wie die Bazen. Die Wohnungen beider Völker sind runde, glockenförmige, bis zum Boden mit Stroh sehr zierlich bedeckte Hütten; ihre Kleidung ist der Lederschurz, der erst allmählich den eingeführten Baumwollenzeugen Platz macht. Das Haupthaar tragen sie wie alle uns schon bekannten Völker von Nord-Abessinien; ihre Haare sind etwas kürzer als bei ihren Nachbarn, den Beni Amer, und bei den Bogos; der Bart ist meist sehr dünn. Wie die genannten Völker rasiren auch sie den Schnurrbart. Die Nase haben sie selten sehr stumpf, oft ist sie, besonders bei den Barea, adlerartig gebogen. Der Mund ist gross, wie eigentlich überall in Afrika, aber nicht aufgeworfen.

Was die Farbe anlangt, so findet man alle Nüancen von Gelb bis Schwarz, doch herrscht die dunkle Farbe vor.

Die Bazen und Barea unterscheiden sich im Temperament; die ersteren sind ruhig, gesetzt und reden leise, die letzteren sind lebhaft, lärmend, schnell aufbrausend. Die Eheverhältnisse bei den Bazen scheinen sehr lose zu sein, während die Barea-Frauen wegen ihrer Treue berühmt und auch im Ausland gesucht sind. Beide Völker sind zu Hause sehr friedfertig, während mit dem Ausland ein ewiger Krieg geführt wird, besonders von den Barea, welche die Grenze hüten. Barea und Bazen stehen nicht in völkerrechtlicher Verbindung und heirathen selten unter einander, dagegen hängen alle letzteren vom Takkasé bis zum Gasch zusammen und bekriegen sich nie; ein einzelner Mann kann ohne Sorge das ganze Land durchziehen.

Die Barea theilen sich dem Wassergebiete nach in zwei Stämme: die Nèrè oder Hagr wohnen im Thal Amida, die Mogoréb mehr westlich, dem Strom Mogoreib entlang, die ersteren am Abhang von Samero und Betkom, die letzteren am Abhang von Eimasa, beide als Grenzgaue der Bazen. Beide Thäler gehören schon dem Flachland des Barka an, wie ihre Wasser und ihre Vegetation; die sie begleitenden Berge sind die letzten Ausläufer des Hochlandes der Bazen gegen diese Seite hin und werden nur zu Weide benutzt. Das Land der Barea also ist ganz flach und deshalb feindlichen Überfällen sehr ausgesetzt. Fieber sind häufig; die Regen fallen meist in der Nacht, wie im Barka auch. Die Nèrè bewohnen etwa 15 ganz eng zusammenliegende Dörfer; ihr Marktplatz ist Mogelo, das vor etwa 2 Jahren von Tsadik verbrannt wurde; Mogoréb besteht aus 6 grossen Flecken; beide sind durch die Anfälle vom Barka und von Abessinien her sehr heruntergekommen. Sie sprechen die gleiche Nèrè-Sprache, nur dialektisch verschieden. Der Kollektivname „Barea" wird ihnen nur von den Fremden gegeben. Bei den Abessiniern, die vorzugsweise die Bazen mit dem Namen „Barea" bezeichnen, bedeutet das Wort Barea „Sklave".

Die Bazen müssen ein sehr zahlreiches Volk sein, das zu schätzen wir aber wenig Anhalt besitzen. Östlich begrenzt sie das Dembelas (Qolla Saraï) und so der Máreb, südlich Adiabo und der Takkasé (Setit) von Dorkutan nach Westen. Vom westlichen Takkasé oder Atbara sind sie durch die Araber verdrängt; die Grenzlinie ist etwa der Meridian 36° 30′. Im Norden reichen sie über den Máreb hinaus bis 15° 15′, bis zu den Barea und Algedén. Ihre Hauptsitze ziehen sich den grossen Strömen nach, dem Máreb, den sie Sona soba (den Fluss Sona) nennen, und dem Takkasé, der bei ihnen Dika heisst. Der Gesammtname des Volkes ist „Kunáma".

Die östlichste Ansiedelung längs des Máreb ist Bazena

sonst Balka und Mai-Daro genannt; beides sind aber eher fremde Namen. Ihr folgen stromabwärts, kaum 3 St. entfernt, Fodie und Anagulle am rechten Ufer, dann südwestlich, wohl 10 St. weit, am linken Ufer Ainal, von wo eine grosse Tagereise zu den Dika führt. Jeder dieser Gaue besteht aus mehreren Weilern, besonders gross ist Ainal. Die Dörfer sind alle im Hügelland angelegt, die Ebenen sind unbewohnt.

Von Ainal den Strom verfolgend, wo er wieder nordwestlich geht, kommen an seinem rechten Ufer die volkreichen Gaue Eimasa und Selest-Logodat, Nachbarn von Mogoréb, und endlich südlich von Algedén Elit am rechten Ufer. Elit gegenüber am linken Ufer, aber mehr landeinwärts finden wir Sogodas, die Nachbarn der Homran-Araber. Eimasa, Selest-Logodat und Elit sind fast ganz islamisirt und sprechen häufig die Tigre-Sprache, während die anderen Kunáma kein fremdes Wort verstehen.

Die Wasserscheide zwischen Máreb und Barka, nördlich von Bazena, bildet eine Hochebene mit den Gauen Alommé und Betkom, deren höchste Terrasse Afla ist. Dieser Strich sendet seine Wasser zum Mogoreib. Seine Bewohner halten die offene, gut kultivirte Ebene inne; sie ähneln schon viel mehr den Barea und stehen mit ihnen in offenem Verkehr. Sie trinken Bier.

Von den Kunáma am Dika wissen wir nur, dass sie Dorkutan (Wolkait) gegenüber am sogenannten Takkasé wohnen in einem fast unzugänglichen, dornig bewaldeten, felsigen Hügelland. Sie stehen mit den Kunáma vom Máreb in freundlichem Verkehr, ihre Sprache ist dialektisch etwas verschieden. Ihr Land ist reich an Höhlen, wo sie in Kriegszeiten ihre Habe verbergen. Nach allen Berichten müssen sie sehr zahlreich sein. Zwischen Dika und Sogodas sollen noch viele Dörfer sein, deren Namen ich erfuhr, ohne genauer ihre geographische Position ermitteln zu können; vielleicht hat unser Freund Herr Baker, der in dieser Richtung sich aufhielt, darüber Näheres erfahren, wenn er sie auch nicht besuchen konnte.

Jedenfalls bilden die Kunáma ein ziemlich bedeutendes Volk; sie sind alle Ackerbauer mit dem Pflug, treiben nur theilweise Viehzucht, am wenigsten in Mai-Daro. Sie bauen keine Baumwolle, schon weil sie kein Zeug tragen; das nöthige Eisen beziehen sie aus Adiabo und Wolkait und schmieden Lanzen und Beile daraus. Ihre Hauptwaffe ist die Lanze, Schwerter sind selten. Lasten tragen sie wie die Inner-Afrikaner an einer Art Wage, deren Querholz über die eine Schulter liegt. Im Häuserbau und Geräth zeigen sie viel Geschicklichkeit und Sinn für das Schöne.

Ich wollte mit diesen wenigen Andeutungen zeigen, dass unsere Reise durch die Bazen und die Barea für die Ethnographie Afrika's nicht ganz nutzlos sein wird. Ich konnte diese Übersicht nicht präciser geben, da mein Tagebuch noch nicht ausgearbeitet ist. Wir hatten Gelegenheit, den uns bisher bekannten aristokratischen Völkern, die wir beispielsweise an den Bogos studirt hatten, demokratische Völker mit eigenthümlichem Recht und Sitte entgegenzustellen. Wir hoffen Nachfolgern den nie begangenen Weg eröffnet zu haben, seien sie nun Missionäre oder wissenschaftliche Reisende.

Andererseits hoffen wir mit dieser Reise den Lauf des Máreb (Sona, Gasch) festgestellt zu haben. Wir passirten ihn an seiner Quelle (bei Az-Gebrei im Hamasen), dann zwischen Kohein und Adiabo, zum dritten Mal bei Mai-Daro, zum vierten Mal bei Elit, zum fünften Mal bei Kassala. Die geographische Konfiguration und alle Aussagen der Eingebornen bewiesen uns unwiderleglich, dass es immer ein und derselbe Fluss war. Die Vereinigung des Máreb mit dem Setit ist nach unserer Erfahrung rein unmöglich. Die Sage von dem Verschwinden des Flusses reducirte sich auf ihre wahre Bedeutung. Der Máreb hat nämlich nur in Abessinien das ganze Jahr hindurch einen oberflächlichen Fluss, er ist eben nur ein Torrent; unter Adiabo fliesst er nur in den Regenmonaten kontinuirlich und sein unterirdisches Wasser tritt nur hie und da, wo es Fels oder Thon treffend sich ein regelmässiges Bett nicht graben konnte, als Teich an den Tag, während die regelmässige Strömung immer einige Fuss unter dem Boden hinläuft. Diese Eigenschaft des Máreb, ein Mittelding zwischen Fluss und Torrent zu bilden, hat er mit allen seinen Zuflüssen gemein, die wir passirt haben, und kann nur durch die Geologie erklärt werden. Dadurch wird das Land ziemlich wasserreich und grosse Fische sind nicht selten. Dem Anseba und seinen Zuflüssen mangeln die schief unterliegenden Thonschichten, die das Wasser hie und da an die Oberfläche treiben, — so erklären wir uns wenigstens die Erscheinung der Teiche im Máreb-Bett. Beim Anseba sinkt die Strömung, die an einer unterirdischen wagrechten Thonschicht Anhalt findet, mit dem Abnehmen des vorräthigen Wasserquantums immer mehr unter die Oberfläche; das Gleiche findet beim Barka Statt. Wir wissen nicht, ob diese beim Máreb beobachtete Erscheinung ihm eigenthümlich ist.

Bei unserer Weiterreise (von Kassala nach Damer) und bei meiner späteren Rückreise von Berber nach Kassala konnte auch der Unterlauf des Máreb oder Gasch, wie er nun heisst, sicher erkannt werden. Der Gasch wird bis zu Umbereb, gegenüber Baluk, von den Hadendoa zur Kultur benutzt. In gewöhnlichen Jahren hört seine Strömung, von dem vielen Überschwemmen erschöpft, da auf, aber es giebt seltene Jahre, wo der Wasserstrom reich genug ist, nicht nur das Land Taka in einer Länge von etwa 30 St. zu befeuchten, sondern sich den Weg zum Atbara zu bahnen, in den er nahe bei Umm Handel mündet. Der Ort seiner Vereinigung heisst bei den Eingebornen Gasch-da [1]), d. h. Gaschmund; ich habe ihn den 15. August 1862 passirt; einige Tamariskenbäume (Tarfa), die sonst nur am Gasch bei Kassala vorkommen und deren Samen nur der Fluss herbeiführen konnte, stehen als lebendige Zeugen seines Ursprunges da.

Eine Andentung noch werden Sie mir erlauben über den Zusammenhang der Natur mit dem Menschen im Bazen-Lande. Die Natur hier ist einförmig, kein Berg ragt empor, keine scharfe Form zeichnet sich aus, kein entschiedener Gebirgszug und keine grossartige Ebene giebt dem Ganzen Charakter und Einheit; selbst der Baumwuchs ist nur mittelmässig, Gesträuch ist vorherrschend — und so der Mensch und seine Verfassung; Nichts strebt, Nichts beherrscht; lose zusammengeworfene Gemeinden entbehren der staatlichen Einheit und der bürgerlichen Verschiedenheiten.

———

Von Algedén her von Fieber geschüttelt erreichten wir Kassala, wo besonders Herr Kinzelbach gefährlich niederlag. Die Krankheit fesselte uns anderthalb Monate und verhinderte fast alle wissenschaftliche Arbeit. Unsere Weiterreise nach Chartum, wo wir den 1. März 1862 anlangten, ging über Damer, dem linken Ufer des Atbara entlang und dann den Nil hinauf. In Chartum erhielten wir von einem hohen Comité den ehrenvollen Auftrag, das Eindringen nach Wadai selbstständig zu versuchen. Es ist Ihnen durch meine früheren Berichte schon bekannt, dass wir auf die Antwort von Darfor hin ein weiteres Vordringen nicht für rathsam hielten, dass wir aber so glücklich waren, authentische Nachrichten über Dr. Vogel's letzte Schicksale zu erhalten.

Der Aufenthalt in Kordofan konnte wissenschaftlich genommen wenig ganz Neues bringen, da Rüppell und besonders der sehr gewissenhafte Russegger sehr einlässlich und genau darüber berichtet haben; daher konnten wir eher nur nachtragen, dann und wann berichtigen und besonders die ethnographischen und Handelsverhältnisse deutlicher machen. Ferner war die Frucht des kurzen, durch öftere Krankheit und das grausame Klima getrübten Aufenthaltes eine genaue Arbeit über die Sprachen von For und Tegelé und Vokabularien der Nuba - und der Benda-Sprache. Auf diese Seite unserer Arbeit werde ich weiter unten zurückkommen; was die anderen Studien betrifft, so werden Sie mir verzeihen, wenn ich hier nicht weiter darauf eingehe, da sie in Kurzem ausgearbeitet zur Publikation kommen werden.

Unsere Rückreise ging über Berber, wo wir zur weiteren Bekräftigung der früheren Angaben über Dr. Vogel den Scheich Sein-el-Abidin aufsuchten, der so gefällig war, Herrn Kinzelbach, der direkt nach Europa zurückkehren sollte, einen Brief an Herrn Dr. H. Barth mitzugeben, worin er jene Nachrichten vollkommen bestätigte.

Während nun mein lieber Freund die direkte Nil- und Wüstenstrasse über Korosko einschlug, kehrte ich über das Rothe Meer nach Europa zurück. Ich besuchte Dahalak, Loheja und Djedda. Mangel an Reisegelegenheit hielt mich in Massua und Djedda, widrige Winde auf dem Meere auf. Die Notizen, die ich auf dieser Fahrt sammelte, sind eher handelspolitischer Natur, sie betreffen die Versuche der Engländer und Franzosen, sich im Rothen Meere festzusetzen, und das Problem, dem Sudan - Handel eine bequemere Strasse nach Ägypten zu verschaffen.

Was nun meine *linguistischen Arbeiten* betrifft, so habe ich über folgende Sprachen mehr oder minder vollständige Untersuchungen angestellt: über das To' bedauié, die Sprache der Barea, der Bazen, der For, von Tegelé; dann habe ich Vokabularien der Nuba- und der Benda-Sprache. Das Tigre und das Belen hatte ich schon früher vollständig bearbeitet. Wenn ich Ihnen nun über diese Studien berichten will, so kann ich noch nicht philologisch vergleichend darüber reden, da mir bis jetzt die literarischen Hülfsmittel dazu gefehlt haben.

Um vorerst einige Worte über die Verbreitung dieser Sprachen zu sagen, muss ich besonders das Tigre und das To' bedauié hervorheben als Generalsprachen, die sich in Ost-Afrika nördlich von Abessinien vom Nil bis zum Rothen Meer nur mit dem Arabischen theilen.

Das Tigre, auch Chassa genannt, die echteste Tochter des Geés, reicht vom Rothen Meer bis zum Atbara und wird nördlich vom Bedauié begrenzt. Es ist die Sprache der Dahalak-Inseln, es wird im Samhar nördlich von Sula ausschliesslich gesprochen. Seine westliche Grenze bildet hier die Sprache der Saho, die südlich auch von den Danákil gesprochen wird. Ausschliesslich ist es ferner die Sprache der Habáb, Mensa, Betschuk und Marea; im Abessinischen Hochland herrscht sie in Gümmegan. In den Bogos und den Takue theilt sie sich mit dem Belen. Im Barka der Beni Amer streitet das Tigre mit dem To' bedauié. Im Oberen Barka sprechen z. B. die Az Ali Bachit nur Tigre, die Wass und Wossalé fast nur To' bedauié; im Unteren Barka hat das letztere wegen der Nachbarschaft der Hadendoa die Oberhand, doch wird Tigre überall verstanden und gesprochen, besonders von den unterworfenen Stämmen. Dagegen sprechen die Beni Amer des Söhel ausschliesslich Tigre. Weiter gegen Westen ist das Tigre den Barea schon ziemlich geläufig und dringt immer weiter vor, eben so verdrängt es iu Eimasa, Selest-Logodat und Elit nach und nach die Ursprache. Es ist ferner die Muttersprache von Algedéu, Bitáma, Sabderát und Halleuga, obgleich auch das To' bedauié besonders den letzteren geläufig ist und sogar, wie bei uns früher das Französische, aristokratisch bevorzugt wird. Die Grenze des Tigre ist bei den Menná, wo es dem Arabischeu begegnet.

Die zweite herrschende Sprache ist das To' bedauié. Aus dem Gesagten ergiebt sich, dass es die Beni Amer mit dem Tigre theilt. Nebeu dem Tigre wird es auch in Algedéu und von deu anderen erwähnten Stämmen gesprochen. Es ist ferner die ausschliessliche Nationalsprache der Hadendoa und der Bescharin und reicht so weit nördlich über Suakin hinaus zwischen Nil uud Meer. Es ist also im wahren Sinne des Wortes eine Nomaden- und Steppensprache. — Die andereu Sprachen sind nur lokal.

Das Belén wird von deu Bogos und den benachbarten Takue gesprochen und sucht seine Schwester bei den Lasta Agau in Abessinien.

Das Nèrè bena (die Barea-Sprache) wird von den Leuten von Hagr und Mogoréb allein gesprochen, doch auch von den benachbarten Bazen, vorzüglich zu Eimasa verstanden.

Die Bazen-aura (die Bazen-Sprache) ist die Sprache aller Kunáma. Ihre südlichen Grenzen sind das Wolkait und Adiabo. Die Dika sprechen einen etwas verschiedenen Dialekt von den Máreb-Bazeu.

Haben wir den Gasch überschritten, so finden wir die Arabische Sprache das Nilthal bis Dougola beherrschend. Auch Kordofau spricht nur Arabisch, wenn auch die Sklaven ihre Heimathssprache noch erhalten mögen. Dagegen hat das Land Tegelé eine eigenthümliche Sprache. Seine Nachbarn, die Nuba, sprecheu das Koldadji, während mir die Sprache vou Scheibun unbekannt ist. Das Koldadji ist dem Nuba der Barabra am Nil nahe verwandt. Das For endlich ist die Nationalsprache von Darfur. Man darf exakter Weise nicht sagen, es würden in Obeid das For und andere Negersprachen, in Kobbé auch Nuba gesprochen, wie man gethan hat; was Fremde reden, geht den Sprachforscher Nichts an, und das sind gewiss die Sklaven, so lange sie nicht die Landessprache annehmen. Die Sprache der Benda, eines Stammes der Fertít, hatte ich nur sehr oberflächlich kennen zu lernen Gelegenheit.

Ich halte es nicht für nöthig, über meine Arbeiteu über das Tigre und das Belén, Sprachen, die mir durch jahrelangen täglichen Gebrauch genau bekauut sind, zu reden, da sie einer früheren Zeit angehören; sie sind sehr ausführlich und genau. Ich habe die Hoffnung, dass meine Arbeit über das Tigre dieses Jahr an dem geeigneteu Ort publicirt werden wird.

Mit dem To' bedauié war ich durch öfteren Aufenthalt im Barka ziemlich bekannt. Mein letzter Aufenthalt in Kerén wurde dazu benutzt, die Sprache in ein System zu bringen, und wenn die Arbeit auch nicht auf Vollständigkeit Anspruch machen darf, so kann ich für die Genauigkeit bürgen und bin so im Stande, den Sprachfreunden ein gewissenhaftes· grammatisches uud lexikalisches Bild einer weuigstens räumlich sehr weit verbreiteten alten Sprache zu versprechen, die bis jetzt nur sehr dürftig bekannt war.

Eben so genau und iu das Wesen der Sprache eindringend ist meine Arbeit über das Nèrè-bena, die in Kerén bearbeitet und in Mogelo selbst konfrontirt wurde. In beiden Spracheu sind auch die Koujugationeu des Verbums, wenn sie so heissen dürfen, als Aktiv, Passiv und Kausativ berücksichtigt. Meine Lehrer für beide Sprachen waren Leute von den respektiven Gebieten, mit denen ich in der genauen Keuntniss des Tigre als Vermittlerin zusammeutraf.

Die Sprache der Bazen konnte ich weniger vollständig studiren, da die Zeitverhältnisse ein genaueres Eingeben nicht erlaubteu und der grammatische Bau so schwierig ist, dass nur lange Übung ihn aufklären kann. Meine Arbeit enthält etwa 400 Dingwörter, daun viele Zeitwörter und Sätze. Ich hoffe, dass die Genauigkeit die Zahl ersetzen wird. Sie ist die erste Probe einer Sprache, die wahrscheiulich vor unserer Ära in Abessinien geherrscht hat.

Die Sprachen von Tegelé und For hatte ich genau zu studiren Zeit und Gelegeuheit; meine Arbeiten darüber werden den erwähnten an Genauigkeit uicht nachstehen. Meine Lehrer waren freie Landeseingeborne, die sich in Obeid aufhielteu, uud ihre Angaben wurden mehrere Male konfroutirt. Vou dem Koldadji kouute ich nur eine Wörtersammlung anlegen; meine Lehrer waren nicht der Art, dass ich mich darüber hinaus wagen konnte. Der Vergleich mit den schou bekannten Wörtersammluugen, besonders von Russegger, liess mich erkennen, dass meine Angaben zuverlässig sind uud dass die Verwandtschaft mit dem Nil-Nubischen unbezweifelt ist.

Eudlich legte ich eine kleine Wörtersammlung des Benda an, sie enthält etwa 300 Wörter.

Es kann natürlich hier kaum der Platz sein, diese von mir bearbeiteten Sprachen genau zu erörtern, doch will ich, um Ihnen eine Idee von dem Aussehen derselben zu geben, vorerst eine derselben, das To' bedauié, kurz analysiren nach seinen Hauptzügen und dann die Zahlwörter und einige Substantiva der verschiedenen Sprachen nebeu einander stellen.

Der Name to' bedauié kommt von bedu, „wild, öd", er bedeutet also das Beduinische, wie im Arabischen بدوي. — Die Artikel sind: masc. sing. o, der, pl. ĕ, die; fem. s. to, die, pl. te; neutr. s. uud pl. te, das, die. Soll das Wort uubestimmt sein, so wird ihm ein „b" angehängt, z. B. o'jo, der Stier, job, Stier. Zu bemerken ist, dass eben so gut wie bei uns die Geschlechter oft verwechselt werden, z. B. o'schä, die Kuh; ferner, dass der Artikel dazu dient, männliches und weibliches Geschlecht zu unterscheiden, z. B. o' kam, das Kameel, to' kam, die Kameelstute. — Der Plural wird mit angehängtem ab oder ad gebildet, was aber nicht regelmässig durchgeführt ist. — Die Personalpronomina sind: ane (أنا), ich; berok (ك Arabisch), du; bero (,), er; beto, sie; hene (نحن), wir; berak, ihr; bera, sie; beta, sie (fem.). Possessive Affixen: o, mein; ok, dein; oh, sein; on, unser; okna, euer; ohona, ihr.

Die Zeitwörter theilen sich in solche, die ihre Wurzel deutlich sehen lassen, und in solche, wo sie weniger mechanisch mit der Form verbunden ist. Ich habe in meiner Arbeit wie im Arabischen die 3. Pers. Perf. als Norm hingestellt. Diess vorausgesetzt enden die Zeitwörter der ersten Klasse in „ja", z. B. gig-ja, er ging, sek-ja, er ging fort. Die Wurzeln gig, sek bleiben in allen Konjugationen unverletzt. Zur zweiten Klasse gehören: omásu, er hat gehört; ekhánn, er hat geliebt; eschbob, er ist gut geworden; hier ist die Wurzel mit der Form vermischt und darf oft wie im Semitischen nur in den Konsonanten gesucht werden. — Alle Zeitwörter haben Formen, um den Passiv und den Kausativ zu bilden; die von der ersten Klasse bilden sie ganz regelmässig durch Anhänge zwischen Wurzel und Paradigma, die der zweiten drücken sie eher mit Präfixen aus, die oft selbst in die Wurzel eingreifen; z. B.

I. Klasse: gig-ja, er ging. Kaus. gig-is-ja, er liess gehen.
    sok-ja „ „   „ sek-es-ja „ „   „
    Pass. sek-em-ja, er wurde begangen. — sek, Gang.
II. Klasse: omásu, er hörte. K. osmasu, er liess hören.
    P. etmessu, er wurde gehört.
    ekhánn, er liebte. K. esekhann, er rief Liebe hervor. P. tukehann, er wurde geliebt.
    ereb, er schlug ab, il refusa. K. esóreb. P. etórab.—
Der Unterschied ist deutlich; der Kausativ wird bei beiden Klassen mit präfixem oder postfixem „s" bezeichnet, der Passiv bei I mit „m", bei II mit „t"; das letztere mahnt an das Äthiopische „te", z. B. rekbe, er fand; Pass. terekebe,

er wurde gefunden. — Ich berücksichtige natürlich nur die gewöhnlichsten Formen. — Mir bekannte Zeiten sind das Perfekt, Plusqpf., Präsens mit Hülfszeitwort, Aorist, Optativ, Imperativ, Particip und Gerundium; auch darin ist der Unterschied zwischen der I. und II. Klasse durchgeführt. Die Negation bildet sich mit präfixem „ka", ausser im Imperativ und Optativ, wo sie mit präfixem „ba" ausgedrückt wird. Doch will ich einige Beispiele geben:

I. Perfekt.	gigen, ich ging, gigta, du gingst, gigja, er ging;	Pl. gigna, wir gingen, gigta'ne, ihr ginget, gigjan, sie gingen.
II. Perfekt.	eder, ich tödtete, tedere, du tödtetest, oeder, er tödtete;	nedér, wir tödteten, tedérna, ihr tödtetet, edérna, sie tödteten.
Aorist II.	endis, ich tödte, tendíra, du tödtest, endir, er tödtet;	nédér, wir tödten, tíderna, ihr tödtet, éderna, sie tödten.
Negat.	kader, ich tödte nicht, kidera, du tödtest nicht, kider, er tödtet nicht;	kinder, wir tödten n. kíderna, ihr tödtet n. kíderan, sie tödten n.
Optativ.	idre, o hätte ich getödtet, tidrea, o hättest du getödtet, idre, o hätte er getödtet;	nidre, o hätten wir getödtet, tiderne, o hättet ihr getödtet, iderne, o hätten sie getödtet.

Neg. badire, o hätte ich nicht getödtet.
Imperat. dera, m., tödte! deri, tödte, fem. Neg. badera, tödte n.
    Pl. derna, tödtet.   baderna, tödtet n.
    seka, m., gehe! seki, f. Neg. baseka, geh' nicht!

Das Particip wird mit angehängtem „ab" gebildet, z. B. eab, kommend. — Ich durfte natürlich nur wenige Beispiele bringen und muss mir Näheres vorbehalten. Es lässt sich bei dem To'bedauié etwas Semitisches nicht verkennen, ohne dass ich jetzt über ihre Verwandtschaft mich aussprechen möchte. Gerade die Artikel sind hier schon viel genauer, ich möchte sagen Indo-Germanisch ausgedrückt; dann fehlen die Semitischen Buchstaben, die ع, غ u. s. w. In den Wörtern, abgesehen von den vielen importirten Tigre- und Arabischen Wörtern, fehlen Semitische Anklänge nicht. Doch wollen wir uns hüten, die Sprache zu klassificiren, bis wir unsere vollständige Arbeit den Sprachkennern vorlegen können.

Jetzt wollen wir noch eine Zusammenstellung der Zahlwörter und der wichtigsten Substantiva geben.

Zahlwörter.

Deutsch.	Belén.	To'bedauié.	Barea.	Bazen.	Tegelé.	For.	Nuba.	Benda.
Eins	lah	engar	doko	illa	endé	dik	bér	beli
Zwei	lénga	melob	arega	baré	arko	au	orré	bissi
Drei	segua	taĕhei	sanĕ	satté	endetta	is	todjn	futta
Vier	segía	fédig	schone	sallĕ	harom	ongel	kendjo	bana
Fünf	amkua	eib	oita	bussumé	homma	os	tischu	mundu
Sechs	walta	esegur	data	kontellé	njelel	osendik	kordjé	mindeho beli
Sieben	léngata	eseremab	gariga	kontebaré	homarko	säbo (Ar.)	kolatt	— bisch
Acht	séguata	esimhei	dissena	konsetté	tubba	temanio(Ar.)	iddu	— futta
Neun	zissa	schedük	lefetemuda	illedaude	fungesan	tisa (Ar.)	oit	— bana
Zehn	schika	temen	lefek	kolakade	fungen	wujo	buré	murufo
Zwanzig	lengarengen	togug	dokuta	schebbare	—	Ar.	tarbé	—
Dreissig	seguarengen	mehei temen	sanleffets	schibsetté	—	Ar.	burra barra toju	—
Hundert	lih	schĕb	myt (ميه)	scheba	—	Ar.	—	—

Deutsch.	Belén.	To' bedauié.	Barea.	Bazen.	For.	Tegelé.	Nuba.
Gott	giar	Allahi (الله)	ebberé	anna	Allah	dirr	bel
Himmel	giar	te'bĕré	nerè	nora	gauel	dik	aré
Wind	wolwol (Ti.)	o'bĕram	wolwol (Ti.)	saúita	daulo	hili	irdjo
Regen	sue	o'bĕré	hala	amora	kui	ao	oddo
Thau	hamde (Ti.)	o'sa	schèlfo	schelfa	ilo	hega	odje
Stern	schin'grua	o'hejok	wuini	ántena	uri	lein	orndo
Sonne	kuara	to'ein	kos	wakora	duli	ané	idji
Mond	ärba	o'edrik	féta	téla	duál	or	nonto
Tag	kuara	o'embé	kos	—	udo	anewi	ul, orgo
Nacht	qir	o'hauad	ébné	aúada	lul	ugure	kolèl
Fener	laqe	to'né	schitta	zoma	odo	ibé	ika
Wasser	aq	o'jem	embá	bija(Galla: bisane)	koro	hega	otho
Erde	bera	to'but	lug	lega	dalo	mukk	tob
Berg	gire	o'orba	ge	eja	fuga	one	koldi
Stein	kringa	o'aué	tane	uga	dido	arngan	kurra
Weg	derb, gug	te'lĕgi	kitta	tebira	dora	mari	ob
Mann	gerua	o'tek	ku	kuá	duo	et	korto
Frau	ogheina	te'teket	toko	derka	jankue	inn	ildo
Seil	gemer	to'jait	sema	schimitta	bot	wann	orri
Kleid	tauine	o'halek	kute	sessa	mulfa	ugad	keto
Schwert	sef (Ti., Ar.)	o'embádet	madet	gegadja	sar	lala	sibit
Sohn	qora	o'or	zi	déda	kué	gia	tondo
Tochter	qera	te'or	don'gadi	kisa	kuenju	endeli	terndo
Kuh	lui, Pl. woss	o'scha	ar	eira	u, Pl. ku	ra	ti
Ziege	finthira	te'näi	bélé	sessa	diou	enbit	ogud
Stier	bire (Ti.)	o'jo	bĕro	buta	nong	argas	—
Pferd	ferde	o'hattai	fara	burass (فرس)	morda	marda	kudji
Esel	doghára	o'mek	horgé	schenda	lél	endorein	ondo
Hund	giding	o'jas	woss	zeja	assa	suo	boll
Katze	dümmo	to djimmo(Ti.)	djimmo	áluga	bis (بسه)	afut	butur
Elephant	gane	o'krub	kurbé	ábina	anger	nene	ongul
Hyäne	woqa	o'kerai (Ti.)	kodil	angua	doro	bolong	bu schiri
Kameel	gimmile	o'kam	kembere	árkoba (ركوب)	kamal	embelel	kamle
Milch	schebb	o'az	sa	nussa	bora	henna	idj
Holz, Baum	kane	o'hindi	tüm	uda	ara	fa, Holz hili, Baum	for
Gras	lascha	o'siam	sem	séna	dei	hoge	mondo
Durra	ärr	o'herro	elbi	kina	mareg	menn	ui
Eisen	schaga	to'endi	keschin'ge	bida	daura	misik	schirté

Deutsch.	Belén.	To' bedauié.	Bares.	Bazen.	For.	Tegelé.	Nuba.
Lanzo	inschech	to' fená	la	masa	kor	guri	korang
Schild	gib	o' gébé	kodo	arma	kebi	rong	kori
Beil	sonkota	to' melau	katta	lausa	bou	uli	komel
Haus	ling	o' gau	wol.	ita	dang	far	koll
Kopf.	ogher	o' agurma	kelé	ana	tobu	adj	or
Mund	ab	o' jef	aulo	wuda	udo	endjer	ogul
Ohr	onkua	o' anguil	tuss	okena	dilo	ennu	uscha
Nase	kunba	o' gnuf	demmo	bóbena	dormo	ender	engi
Haar	schibka	te' hamo	sebi	ghima	njlu	ham	tél
Auge	öll	o' guedj	no	wa	kungi	in'git	kalté
Grab	ärb	o' nibesch	haudo	nebile	turba (تربم)	—	—
Dorf	kau, an'geb	o' ondoa (tribus)	za	suka	elle (حله), faser (Stadt)	ondage	schaldo
Sklave	gendjína	o' kischa	sabi	saba	koi	omo	dugud.

Was Ihnen bei dieser kleinen Übersicht auffallen wird, besonders wenn man auch die in Abessinien herrschenden Sprachen daznnimmt, ist, wie viele ganz eigenthümliche Sprachen, die zu einander in fast gar keiner Beziehung stehen, auf so kleinem Raum zusammengedrängt sind. Als grosses Ganze finden wir nur das Semitische Geés mit seinen Töchtern, dem Tigro und dom Tigriñña, in Nord-Abessinien und den nördlichen und östlichen Grenz-Ländern, dann das autochthone, weite Stoppen-Völker beherrschende To' bedauié und endlich das erst eingeführte, aber immer weiter vordringende Arabisch. Die anderen Sprachen gehören nur kleineren Völkern an und diess ist wohl nur so erklärbar, dass sie Völkertrümmer sind, wie die herabgekommenen, nach Norden gedrängten Bazen, oder aber Einwanderer, deren Verwandte man weitweg suchen muss und zwar nicht im Westen, wie aus Dr. Barth's Arbeiten leicht zu ersehen ist.

Jedenfalls sind die sogenannten Äthiopen durchaus nicht Ein Völkerstamm, sondern eine wahre Musterkarte von Völkern. deren Kolonim auf dem kleinen, aber von der Natur begünstigten Raum sich zusammengedrängt haben und durch Klima und Politik sich äusserlich ähnlich geworden sind.

Es wird nun meine Aufgabe sein, den vorhandenen Stoff auszuarbeiten und auf Grundlage der von Herrn Petermann herausgegebenen Expeditionskarte von Ost-Afrika eine neue Karte konstruiren zu helfen, die in den wichtigsten Punkten der Lage und der Höhe nach von Herrn Kinzelbach astronomisch festgestellt worden ist. Unschätzbar war uns die Fürsorge, die den Reisenden mit dem jeweiligen Standpunkt der Geographie in seinem Gebiet bekannt macht, auf dass er in diesem Wirrwarr von vereinzelten Forschungen eine Grundlage habe, worauf er weiter bauen kann, und Winke über das Mangelnde und Fehlerhafte erhalte.

Wir können nicht verhehlen, dass auch dieser Karte noch Viel fehlen wird; um nur einige Punkte hervorzuheben, so ist geologisch in ganz Nordost-Afrika noch Wenig sicher bekannt; besonders Abessinien würde einen Geologen von Fach reichlich belohnen können. Der Unterlauf des Anseba, besonders bei Tokar, harrt des Reisenden, eben so das Gebiet der Habáb und das Söhel der Beni Amer; die Route von Berber nach Suakin sollte schon des Handels wegen mit dem Barometer in der Hand aufgenommen werden; das Land der Bazen ist von uns nur seiner Breite nach durchzogen worden und wir konnten uns nur wenige Zeit aufhalten; die alten Griechischen Städte längs des Rothen Meeres sind fast gar nicht untersucht worden und so noch viele nicht unwichtige Punkte.

Freilich ist dieser Ausbau der Geographie, die ja mit den grossen Problemen noch bei weitem nicht fertig ist, zweiter Hand vorbehalten; aber wenn wir bedenken, dass Nord-Ost-Afrika schon seiner Lage nach sehr nahe liegt und der Strom der Reisenden sich auch dahin lenken wird und theilweis schon gelenkt hat, wenn wir so viele unternehmende gebildete Männer, von Reiselust getrieben, Afrika durchwandern sehen, denen nur der Plan, die Kenntniss des Verlangten, die Anleitung zum Reisen fehlt, um auch der Wissenschaft zu frommen, so kann ich den unmaassgeblichen Wunsch nicht unterdrücken, es möge dem von den gelehrten Männern Deutschlands abgeholfen werden, indem man nicht nur fortfährt, übersichtliche Spezial-Karten den Reisenden mitzugeben, sondern sich bestrebt, sie auf die noch unerforschten Gebiete, auf die nicht genug bekannten Punkte aufmerksam zu machen, ihre Arbeiten zu organisiren und so die meist unnützen, den Büchermarkt überschwemmenden Reisebilder mit lebendigem, fruchtbaren Stoff für die Wissenschaft zu ersetzen. Der Unterzeichnete würde immer gern das Seinige beitragen, den Reisenden eine eigentliche Desideratenliste und Anleitung zum Reisen zu bieten.

Es ist mir eine Pflicht und eine Freude, meinem lieben Freunde Herrn Theodor Kinzelbach für all' die Liebe zu danken, die er mir während unseres Zusammenlebens in Afrika erzeigt hat.

Endlich bitte ich Sie, einem hohen Comité meinen innigsten Dank auszusprechen für das in mich gesetzte Vertrauen, und wenn uns die Umstände nicht erlaubt haben, das uns gesteckte Ziel zu erreichen, so darf ich nur wünschen und hoffen, dass unser Nachfolger, mein lieber Freund Hr. M. v. Beurmann, bald erfolgreich und ruhmgekrönt das Licht des Vaterlandes wieder schauen möge.

Solothurn, 4. Juni 1863.

II. Werner Munzinger's und Th. v. Heuglin's Itinerare und Winkelmessungen zwischen Massua, dem Gebiet der Marea, Adua und Kassala, 1861 und 1862.

Mit Anmerkungen, über ihre Verwendung bei der Konstruktion der Karten, von *B. Hassenstein*.

I. Reiseroute von M'Kullu bei Massua bis Kerén.
Von *W. Munzinger*.

		Entfernung.		Richtung.
		St.	Min.	
13. Juli 1862. Von M'Kullu nach Wedubö		1		WNW.
Im Thal von Wedubö entlang			15	do.
Desset		1		do.
14. „ Bis Schakat-qaib		1	30	NW.
bis Ambä-Strom. Lager Maqret		2		do.
15. „ Bis Mai Ualid		2		WNW.
16. „ Bis Schöb-Göneb		4	30	NNW.
Ain		3		NNW.
17. „ Gadem-Dukket			25	W.
Molakat Schörbe		2	30	WNW. b. W.
18. „ Azmat Obel			50	do.
Aualid Öret, Engpass entlang		1		do.
Beit Häbei		1		do.
Mohäber		1		do.
19. „ Qelámet		2	30	W.
Ualli-rejim, Brunnen		1	50	SW.
Katbba, Ebene			55	SW.
20. „ Coqsi, Ebene			35	SSW.
Mäschälit, Höhe. Wasserscheide		1	30	SW.
21. „ Gabena Weld Gonfalom am Anseba		1		SSW.
Mohäber Duri		2	30	S., dann SO., S. u. SSO.
Ona			45	S. b. W.
Tantarua			30	do.
Kerén			15	do.

Azimuth-Kompass-Winkel von Gabena:
Berg Saraua Ad-Feit, 2 St. unter Waliko	N. 35° W.
Anseba bei Ad-Tekles	N. 25° W.
Kora Ad-Tekles	N. 10°—20° W.
Mäschälit	N. 40°—60° O.
Kerén	Süd.
Enge von Tschabbab	S. 11° O.
Wasentet	N. 130° O.
Hörmet von Halhal	N. 70° W.

Weg von Kerén über Maldi nach Massua. Nach Erinnerung von 3 Touren aus den Jahren 1858, 1860 u. 1861.
Kerén bis Ele Beret	8½ St.	N. 110° O.
Ele Beret bis Maldi	2½ „	do.
Maldi bis Dubbur Schair	1½ „	do.
Dubbur Schair bis Massua	15 „	durchschnittlich Ost.

II. Th. von Heuglin's trigonometrische Aufnahme der Umgegend von Kerén.

Die Messungen für diese Aufnahme in allen ihren Details hier zu geben, würde uns zu weit führen; überdiess ist der Horizont derselben ein weit beschränkterer als der von den Stationen des Sewán und des Zad'amba übersehene, wir begnügen uns daher, hier kurz die Hauptpunkte der trigonometrischen Messungen bei Kerén zu geben und die Winkel von jenen Stationen vollständig nachfolgen zu lassen. Die astronomisch festgestellte Position von Kinzelbach's Observatorium bei Kerén, die von ihm dort ausgeführte Feststellung der magnetischen Variation, 6° 15′ W.[1]), bilden die Grundlage für folgende Messungen, welche Herr v. Heuglin mit einer Chevalier'schen Azimuth-Boussole von circa 3″ d. ausführte und deren Resultate in 8¼ Folioseiten mit erklärenden Zeichnungen und einer Spezial-Karte im Maassstab 1:330.000 an uns eingesandt wurden.

1) Messung einer Basis AB von Kinzelbach's Observatorium (A) zur Adansonie von Kerén (B); Länge 204 Meter, Winkel zur magnetischen Nordlinie: 37° 41′ 40″ N. zu O.

2) Feststellung eines Dreiecks DEF, von dem die Linie DF gemessen und 49 Meter lang gefunden und alle drei Winkel a b c so wie ihre Lage zu der Basis AB durch Winkelmessungen genau bestimmt wurden.

Nachdem von uns diese Hauptelemente mit Hülfe von v. Heuglin's Plan in ein Spezialblatt im Maassstab 1:100.000 niedergelegt, wurden 3) die von den 4 Punkten B D E F mit der Boussole aufgenommenen und sich kreuzenden Winkelmessungen aufgetragen und später mit den Winkelmessungen von Station Sewán und Station Zad'amba verbunden. So wurden die Punkte gefunden, welche die Grundlage abgaben für die Karte der Bogos-Länder.

[1]) Auffallend ist der Unterschied dieser Berechnung mit der von v. Heuglin gefundenen magnetischen Variation. Er sagt über letztere: „Die am Standpunkt E bei Kerén gefundene Variation betrug 7° 45′ West. Sie wurde vermittelst des Chevalier'schen Azimuth-Kompasses am 15. Oktober Nachts 11 Uhr 33 Min. 52 Sek. gefunden bei der Passage des Polarsterns durch den Meridian von Kerén, wie er durch eine Reihe von Sterndurchgängen bestimmt worden war. Nach einer mit kleinem terrestrischen Fernrohr versehenen anderen weniger zuverlässigen Boussole ist die Deklination 6° 44′ W. Bei ersterem Instrument ergab sich bei retrograder Ablesung kein Unterschied."

Aufnahme von der höchsten Spitze des Sewán oder Zebán.
Von Th. v. Heuglin. Punkt P der trigonometrischen Aufnahme bei Kerén. ¾ Meile westlich von Kerén. Der Standpunkt fix, die Ablesungen von der Chevalier'schen Boussole deshalb sehr sicher. Die Ablesungen sind von Nord nach West vorgenommen.

Zad'amba. Südost-Spitze	165 °
„ Nordwest-Abfall	152
Aschara- oder Scheluchat-Gebirge. Ost-Spitze	115½
„ „ West-Spitze	112
„ „ Nordwestlichster Abfall	100
Berg Déqései, sehr fern im Barka	120½
Berg Schämr-adik, fern im Barka	108½
Spitze, scheinbar südlich von letzterem, vielleicht Tokeil?	110
Spitze, 3 bis 4 Meilen westlich von Schämr-adik	105
Gebirgrücken von Kusch	135° bis 142
Falastok, Südost-Spitze des Sewán	187½
Dongolahas	86½

Bergspitzen von Atirbs und Danka, von Ost nach West:
a) 204½°: b) 196°; c) 195½°; e) 189°; f) 185°.

Südliche Fortsetzung von Rora Beid-Andu	219½
Deqana	223
Rücken SSW. davon, eben so hoch	217
Berg Tseläle oder Selälem	216
Fels zwischen letzterem und Deqana, über Bogu	214
Rora Beid-Andu (unsicher)	225
Felskamm östlich davon, westlich hart am Anseba	234
Lalamba-Gebirge. Ost-Spitze	1
Nordwestliche Spitze	22
Zackige Spitze	16
Mittlere Spitze	10
Kloster von Debre-Sina	260½
Amba-Saul	257½
Wara, hoher, mit Amba-Saul zusammenhängender Rücken in Hamasén	249
Thaleinschnitt im Wara	243
Eiwalho	265½

Ferne Gipfel der Az-Tekles: 1) 352°; 2) 345°.
Gipfel von Mensa . . . . von 280° bis 271½

Während Herr Kinzelbach mit astronomischen und meteorologischen Arbeiten in Kerén beschäftigt war, besuchten Herr v. Heuglin und Dr. Steudner Mitte September 1861 den Debre-Sina, Ende desselben Monats den berühmten Berg Zad'amba [1]). Die Winkelmessungen, welche Herr v. Heuglin auf ersterem Punkt gemacht und uns zu übersenden versprach, sind nicht zu uns gelangt, wahrscheinlich hat er sie aber in seiner Karte der Bogos-Länder selbst schon niedergelegt; zwei auf dieser Karte eingetragene Winkel waren für die Konstruktion unserer Karte von Wichtigkeit, da sie die richtige Lage des Beobachtungspunktes wie des beobachteten Objekts, wie sie aus anderweitiger Konstruktion hervorging, bestätigen. Es sind folgende:

1) die Berge von Deda . . . N. 169 bis 170° W.,
2) die Berge von Emberti . . N. 175° W.

Die von Zad'amba, auf dem nordwestlichen Theil desselben, unmittelbar vor dem schmalen sattelförmigen Übergang zum Kloster genommenen Winkel sind folgende. Herr v. Heuglin giebt die magnetische Variation zu 7° 45′ an,

die bei Konstruktion unserer Karte auf 7° reducirt werden musste, da sie nach Herrn Kinzelbach's Beobachtungen in Kerén nur 6° 15′ betrug. Die Ablesungen geschahen wieder von N. über W. und S. nach O.

Amba-Saul	282 bis 283°
Eibalho oder Eiwalho	287 bis 289
Danka	245
Rora Beid-Andu	274
Tseläle oder Selälem	325
Deqana	311
Agaro, Spitze	332
Lalamba, Ost-Spitze	347
Dongolahas	356
Az-Tekles, sehr ferne Berge	356
Hobe, sehr ferne Spitze in der Richtung von Schireh	155

(Anm. Diese Spitze scheint nach der Konstruktion der Karte mit einem der Berge von Thuql Munzinger's identisch zu sein.)

Hoher Berg	194 bis 195°

(Anm. Die Visirlinie nach diesem Berg, welchen Herr v. Heuglin irrthümlich für den von Ade-Baro hielt, stösst genau auf den weithin sichtbaren Berg Kesadaro [v. Heugl.] oder Gorzo [d'Abhadie], es ist also jedenfalls dieser visirt.)

Berg von Mai-Daro in den Schankalla	126°

(Anm. Die Linie stösst genau auf Munzinger's Mai-Daro. Diese und die vorhergehende Messung ist demnach für die Konstruktion unserer Karte von beträchtlicher Wichtigkeit, da der erstere Punkt die Aufnahmen im Bogos-Gebiet mit denen in Saraé, letzterer mit den Messungen von Munzinger im Kunáma-Gebiet verbindet, und so sich ein vollständiges trigonometrisches Netz bildet.)

Aschara- od. Scheluchat-Gebirge, Ost-Spitze (ungefähr)	35 °
Qazetei	334
Halhal, höchste sichtbare Spitze (Krea?)	0
Mensa, Felsgruppen, a) südwestlichste Spitze	296
b) Nordost-Spitze	301

Simen-Gebirge, etwas östl. von Schireh sichtbar, der Punkt aber nicht genau zu bestimmen.

Berg Schämr-adik im Barka	87 °
Berg Takail im Barka	92
Süd-Abfall des Debre-Salé	81
Süd-Gipfel des Zad'amba selbst	206
West-Gipfel des „ „	88
Berg von Mai-Madef	218
Ferner Berg, Deqesei?	112½

III. Reise in das Gebiet der Marea. Von Werner Munzinger.

Itinerar und Winkelmessungen.

		Entfernung.		Richtung.
		St.	Min.	
30. August 1861	Abreise von Kerén.			
	Von Kerén bis One	—	45	
	Gabsi	1	50	
31. August	Baum im Bab-Gengeren. Station I.	3	—	
	Winkelmessungen:			
	Modakka			N. 150° O.
	Dobak			157-173° O
	Hubub (Angalle-Berg)			107° O.
	Lalamba			110° O.
	Mäschälit			65° O.
	Baum bis Anfang von Gabei-Elos	—	40	60° W.
	Gabei-Elos, steiler Abhang. Stat. II.	—	30	
	Bab-Gengeren			120° O.
	Zad'amba			163° O.
	Eibalho			113° O.
	Lalamba			134° O.
	Berg Hubub (Angalle)			115° O.
	Berg Dobak			143° O.
	Mäschälit			75° O.
	Tschurum (Schätzung)			95° W.
	Hochebene Arretla			95-200° W.
	Halhal			37-40° W.

---

[1]) Über beide Exkursionen s. Dr. Steudner's Bericht in Berliner Zeitschrift für Erdkunde, 1862, N. F. XII, SS. 205—215, u. A. Petermann's Geographische Mittheilungen, 1862, S. 55.

		Ent- fernung.		Richtung.
		St.	Min.	
	Von Gabei-Elos bis Hintschuné	1	25	N. 40° W.
	Dorf Halhal	—	40	do.
1. Septbr.	Von Halhal b. zur One-Spitze. Stat. III.	—	20	130° W.
	Dorf Halhal			50 O.
	Az Tesfei Karkasch			90 O.
	Beit Höbei			3 O.
	Rora Asgedé			18 O.
	Gabei Alabu			90 W.
	Tschurum (ungefähr)			145 W.
	Arretta			Süd.
2. Septbr.	Von Halhal zur Terrasse von Eres. Stat. IV.	1	15	117° O.
	Dorf Halhal			63 W.
	Spitze Elos			170 O.
	Funschabeke			155 W.
	Süd-Spitze von Arretta			170 O.
	Baqla Keddoch			170 O.
	Rora Ad Gabru (ungefähr)			163 O.
	Amba			155 O.
	Berg Dobak			150 O.
	Dobak-Thal			145 O.
	Lalamba			147-140° O.
	Erbalho Mensa			117° O.
	Debre-Sina			120 O.
	Mäschälit			78-80° O.
	Zereh und Agame			60° O.
	Berg von Kerén, West-Ende			150 O.
	Tselale			145 O.
	Rora Beit Andu			138 O.
5. Septbr.	Von Halhal nach Beit Höbei	2	25	2 O.
	Molebso	—	35	do.
	Rehi, Dorf	1	—	do.
6. Septbr.	Von Rehi nach Balkat. Stat. V.	—	30	35° O.
	Rehi			145 W.
	Beit Höbei (ungefähre Schätzung)			183 O.
	Molebso			195 O.
	One, Hochgebirge			134-145° O.
	Anseba Gedlet			80° O.
	Mogedde			120-134° O.
	Rora Asgedé			30° O.
	Wonber Kane			7 O.
	Garzet			20 W.
	Henik-Hamas			60 W.
	Eres			170 O.
	Dugdug			147 W.
	Melbeb			111 W.
	Gabei Alabu			167 W.
	Berge nördlich von Agaro			110 O.
8. Septbr.	Von Rehi bis gegenüber Henik-Hamas. Stat. VI.	—	55	60 W.
	Henik-Hamas			Nord.
	Über den Mädeit nach Wullu. Stat. VII.	—	25	35° W.
	Henik-Hamas			95 O.
	Zellema			170 W.
	Von Wullu bis Tschabel. Stat. VIII.	—	10	85 W.
	Berge von Sera			50 W.
	Weg nach Kednet			45 W.
	Tabere Anseba			45 O.
	Von Tschabel bis zum Abhang des Berges	—	25	45 W.
	Motankebet, Fuss des Berges	—	30	do.
	Dorf Sor	—	35	do.
9. Septbr.	Durch Thal Sor	1	—	do.
	Thal One und Schagali	—	30	do.
	Husch	—	30	do.
	Kednet	—	30	do.
	Strom Kednet	1	—	85° W.
	Kusch	1	20	do.
	Bis Fuss des Berges	—	30	do.
	Berg Samas. Stat. IX.	—	15	do.
	Debre-Salé			170-190° W.
	Mosafar			145° O.

		Ent- fernung.		Richtung.
		St.	Min.	
	Gabei Alabu			N. 145° O.
	Ire (ungefähr)			165 O.
	Scheliwai			40 W.
	Kednet-Thal			95 O.
	Aserte			130 O.
	Asunfa			115 O.
	Schaka, Hochebene			65 O.
	West-Scheliwai	—	30	45 W.
	Erote	—	30	65 W.
	Kelbetu	—	30	do.
10. Septbr.	Von Kelbetu nach Debr-Kuddus. Station X.	—	30	45° O.
	Bát			135 W.
	Bacha in den Barea-Ländern[1])			145 W.
	Debre-Salé			S-N. 165° O.
	Zellema			135° O.
	Abligo			30-60° W.
	Durma	2-3	—	120° W.
	Debr Algedén in Taka[2])			121 W.
	Ere			160 O.
	Henik-Hamas			120 O.
	Kusch			125 O.
	Scheliwai			140 O.
	Schaka			20-90° O.
11. Septbr.	Von Kelbetu nach Bát	1	10	135° W.
12. Septbr.	Von Kelbetu nach Ost-Scheliwai. Station XI.	1	5	130 O.
	Bát			93 W.
	Mussa-Gerbetu			158 O.
	Dekinet	2	—	155 O.
	Ire	1	10	do.
13. Septbr.	Bis vis-à-vis Mussa-Gerbetu. St. XII.	—	50	do.
	Bát			45° W.
	Ungefährer Weg gegen Asalle nicht sichtbar			140 O.?
	Andelet			90
	Schaschagne	1	—	Ungefähr 170°
	Höhe Asalle. Station XIII.	1	20	do.
	Geschätzte, nicht gesehene Direktion nach Melbeb			117° O.?
	Andellet			15-30° O.
	Af Marat. Station XIV.	1	15	160° W.
	Winkel Angescha	—	30	170 O.
	Höhe Angescha-Kazin. Stat. XV.	—	25	100 O.
	Angescha-Winkel			80 W.
	Gabei-Alabu-Gebirge			100 O.
	Mosafar			105 O.
	Berg Hafulei			105-120° O.
	Ebene Hafulei. Ecke. Station XVI.	—	45	110° O.
	Das Thal hinab			Süd.
	Richtung Mohäber			165° W.
	Durch die Ebene von Hafulei bis Dorf	—	30	S.
14. Septbr.	Ecke des Berges Hafulei	—	20	S.
	Um die Ecke bis zum Dorf über Mohäber	—	10	NO.
	Mohäber (Vereinigung des Kerkerin und Tschurum)	—	55	N. 110° O.
	Höhe Tschurum. Station XVII.	4	25	do.
	Dekeri-Berg, westl. von Hafulei			70° W.
	Tschurum. Unteres Thal			75 W.
	Lalamba-Berge			125 O.
	Baum von Bab-Gengeren			85 O.
	Fuss des Berges	—	20	do.
	Gabei-Elos	—	40	do.
	Wiederankunft beim Baum im Bab-Gengeren	—	40	do.
	Dorf Ad-Gabscha	—	30	155° O.

") und ") Diese beiden Direktionen verbinden die Winkelmessungen zur Aufnahme der Bogos- und Marea-Länder mit denen, welche Munzinger während der Reise durch die Kunáma- und Barea-Gebiete aufnahm. Es wird dadurch die genaue Lage des Endpunktes der Marea-Reise so wie die magnetische Variation desselben, welche 5° W. beträgt, festgestellt.   B. H.

	Entfernung. St. Min.	Richtung.
15. Septbr. Höhe des Sattels von Dobak . .	2 —	N. 155° O.
Den Berg hinab	— 10	
Kerén. Munzinger's Haus. Stat. XVIII.	2 15	1° O.
Berg Dobak	. . . .	42 W.
Ambâ	. . . .	43-44° W.
Sattel Dobak	. . . .	40° W.
Dorf One	. . . .	30 O.
Lalamba, Ost-Spitze	. . . .	14 W.

Bemerkung: Die angeführten Distanzen und Direktionen nebst den lokalen Kartenskizzen sind die Grundlage für meine Karte und hier zur Verifikation als Beweis aufgeführt, wie ich sie in meinem Tagebuch finde. Die Direktionen habe ich mit einem Fernrohr-Kompass genommen, dessen Abweichung vom geographischen Nord beträgt:

rechts 5° 20' — 15' auf den Polar-Stern,

links 8° 5' — 15' gerechnet im Kulminations-Moment. Natürlich ist nur geographische, nicht mathematische Genauigkeit bezweckt; andere Instrumente, mehr Zeit und Freiheit erheischte eine Triangulation, die man kaum in so kleinem Raum fordern kann.   W. Munzinger.

IV. Azimuth-Winkel, aufgenommen während der Reise von Kerén nach Adua und Axum, von Th. v. Heuglin.

„Alle Notirungen beziehen sich auf den magnetischen Nord. Sämmtliche Azimuth-Winkel sind mit möglichster Vorsicht auf festen Standpunkten genommen, grossentheils jedoch geschah diess auf vulkanischen Gebirgsmassen, die nicht selten — wie Basalt u. s. w. — eine nicht unbedeutende Abweichung vom magnetischen Meridian bewirken."

Th. v. Heuglin. Adua, Dez. 1861.

(Anmerkung. Die magnetische Variation, die bei Niederlegung der Azimuth-Winkel und beim Entwurf der Karten in der That sehr schwankend gefunden wurde, fügen wir in Parenthese bei jeder Station bei, nebst Angabe, aus welchen Punkten sie abgeleitet wurde. Eben so haben wir einige Anmerkungen in Parenthese beifügen können, die gleichfalls aus unserer Konstruktion oder aus Herrn Munzinger's Durchsicht des Manuskriptes hervorgegangen sind. Die Ablesung geschah wieder von Nord über West und Süd nach Ost.   B. H.)

Station I. Unfern Beit Maman. 1. Nov. 1861. (Magnet. Variation 6½° W., aus Amba-Saul abgeleitet.)

	Direktion magnet. Nord.
Vom Standpunkt nach Beit oder Az-Maman, 1—1½ Englische Meile Entfernung	18½°
Einzelner Berg östlich vom Anseba, vom Dreieck von Kerén aus sichtbar und östlich vom Koariqo	4—5
Fels-Spitze* östlich vom Anseba	352
Spitze** von Amba-Saul am Debre-Siaa	349
NW.-Abfall des Ira-Bergs***	341½
Fels diesseit des Anseba, 2 Engl. Meilen vom Standpunkt und 1 Meile westlich vom Anseba .	281

Station II. Tsazega. 3. Nov. 1861. (Magn. Var. 5½° W., aus Amba-Saul bestimmt.)

	Direktion magnet. Nord.
Kirche 1 Englische Meile von Tsazega	215½°
NO.-Abfall der Berge von Molasenai	27½
Anseba beim Kazetai am Fuss des Agaro . . .	20
Amba-Saul**	6
Hohe Spitze östlich vom Anseba*	13—14
NW.-Abfall des Ira***	3
Gebirgszug in Mensa, ferner als Ira	353½
Einzelne sehr ferne Spitze in Mensa	355
Amba-Dirho, zu Karneschim gehörig	337—296
Berge von Asmára	268—256
Taade-Khostan, ungefähr 5 Meilen entfernt . . .	239½—233
Aggela-Gurra, 12—15 Engl. Meilen entfernt . .	219
(ist wahrscheinlich identisch mit B. Damba d'Abbadie's)	
Himberti, Berg und Dorf	156½
Die Berge jenseit der Màreb-Quellen, von Ade-Baro nordwärts	154—137½
Kleines Plateau 5 Engl. Meilen vom Standpunkt .	194
Deda, Dorf und Berg	136
Anderer Gipfel daneben	134
Ferner Gipfel hinter dem Himberti (wahrscheinlich Kesadaro)	155
Sehr ferner Gipfel in Mensa	352

Station III. Wasser von Ad Saul. 5. Nov. 1861. (Magn. Var. 5½° aus Ade-Baro abgeleitet.)

	Direktion magnet. Nord.
Kleines Plateau jenseit des Màreb und hart an der nächsten, geradesten Strasse nach Tsazega .	325
Berg von Ade-Baro	135
Berg von Az-Gebrai	59
Höhere Spitze am Himberti?	85
Die Dörfer Az-Saul, Az-Kelkelti und Az-Gebrai, ungefähr in Einer Linie	59

Station IV. Bei Halhaleh, am Wasser von Az-Gerret, 4 Engl. Meilen von Ade-Baro. 6. Nov. 1861. (Magnet. Var. 8° W., aus Kesadaro oder Gorzo und Ade-Baro abgeleitet.)

	Direktion magnet. Nord.
Berg von Ade-Baro	23
Berg Hergut, mit ersterem zusammenhängend . .	44
Berg von Tahalk oder Thala	49—49½
Vulkanischer Kegel Az-Schemer	108
Kesadaro oder Belalach, über dem Plateau von Abba-Mata	130½
(identisch mit d'Abbadie's Mt Gorzo und der wichtigste Punkt für die Niederlegung der Route der Expedition)	
Berg von Ade-Mana	141
Berg von Ade-Kesbei mit Dorf	162
Taeheta-Berg	175
Spitze von Enta-Abuna, mit Kirche	189
Dorf Teramni, circa	190
Abfall östlich von Teramni, 6 Engl. M. vom Standpunkt	210
NO.-Abfall eines Gebirges Taeleda, 4—5 Engl. Meilen entfernt	226½
Berg von Schumesaueh in Kule-Kusai, sehr fern u. hoch	235½
(identisch mit d'Abbadie's Berg Kasebat und Lefebvre's Zeromossai Mt Keuchat Ferret u. Galinier's).	
Berg San-Afi in Kule-Kusai. (Jedenfalls ein falscher Name, da d'Abbadie's u. Rüppel's Berg Sanafe viel südlicher liegt).	241
Berg links davon (Lage unbekannt)	240
Ost-Abfall der Teltal-Berge (unbekannt)	251½
Berg oder Hügel östlich von Debaroa, 2½ M. entfernt	313½
Damba, circa 8 Engl. M. entfernt (d'Abbadie's Berg Damba?)	300
Hügel 1—1½ Meile entfernt	274
Hügel von Az-Derási, links vom Weg nach Teramni, 3—4 Meilen entfernt, mit Kirche	249½

Station V. 2 Engl. Meil. von Teramni. 6. Nov. Abends. (Magnet. Var. 1° W., abgeleitet aus Kesadaro, Ade-Baro und Berg Schaik-Ara d'Abbadie's.)

	Direktion magnet. Nord.
Teramni, Dorf	347
Höchster Gipfel bei Halai (wohl d'Abbadie's Mt Schaik-Ara)	283

	Direktion Magnet. Nord.
Korbaria, Gebirge, 20 bis 25 Meilen entfernt	317°
Kaischor, etwas fernerer Gipfel (Lage unbekannt)	315
Enta-Abuna, ½ bis 1 Meile	261
Kesadaro	77
Hochebene von Abba-Mata am Fusse des letzteren und östlich davon	48—65
Hergut bei Adi-Baro	25
Berg von Adi-Baro	21—22
Tsazega, ungefähr	353

Station VI. Eine Meile von Godofelassie, 8. Nov. 1861. (Magnet. Var. 7° W., abgeleitet aus Kesadaro, Semayata und Berg Kaschat d'Abbadie's.)

	Direktion Magnet. Nord.
Godofelassie	340
Zwei ferne hohe Gebirgsstücke in Kule-Kusai, Krisoba genannt (nach den Messungen identisch mit den Felsen von Igir-zabo d'Abbadie's)	247 u. 244
B. Schumesaneh in Kule-Kusai (B. Kaschat d'Abbadie's)	240—241
Berg Agoadi östlich von Adua (wohl Mt Awgar d'Abbadie's)	205
Berg von Antitscho	198
Die beiden letzteren bilden einen Gebirgszug, ungefähr von Ost nach West laufend und nach rechts und links von den gemessenen Punkten abfallend.	
Berg von Jeha oder Yaha, sehr hoch, mit einer Dabafeal genannten Kirche (B. Hitscha und Abba-Afze d'Abbadie's)	186
Berg Semayata oder Semmeiada bei Adua	184
Kesadaro	39
Barqua bei Axum, flacher Bergrücken (unbekannt)	156
Berg von Adi-Baro { (etwas zu östlich)	12½
Hergut, Berg	14½
Berg von Arasa, 8—10 Engl. Meilen entfernt, östlich von Dembelas	65
Damamel, Hügel mit Kirche, 2 bis 3 Meilen entfernt	317
Deruto oder Der-Ado, Hügel mit Kirche, 1 bis 1½ Meilen weit	225

Station VII. Lager bei Adochi den 9. Nov. (Magnet. Var. 4° W., aus Kesadaro abgeleitet.)

	Direktion Magnet. Nord.
Berg von Adi-Baro, verdeckt.	
Kesadaro	24
Tähäla oder Thala, links von Adi-Baro (s. Stat. IV.)	10
Asahardi, Hügel 3 bis 4 Meilen diesseit Godofelassie	353
Hügelrücken 3 bis 4 Meilen vom Standpunkt	0—5
Derselbe, etwas näher	344—335

Station VIII. Eine Engl. Meile von Mai-Scheka, 10. Nov. (Magnet. Var. 15° W., bestimmt aus Kesadaro und Semayata).

	Direktion Magnet. Nord.
Marktflecken Adi-Huala	61
Gebirgsrücken in der Kohein, zwischen Kohein und Maragus	51
Berge von Harfa Grotto und Harfa Giemel, circa 15 bis 18 Meilen entfernt. a:	30½
c:	28
d:	27
Langer, von Abba-Mata oder Kesadaro ausgehender und sich von dort südwestwärts erstreckender Gebirgszug	24—4
Hohe nadelförmige Spitze, Gebra-Marait, bei Arasa und auf diesem Gebirgzug	11
Adi-Baro	355
Godofelassie	343½
Zwei Berge rechts davon: a) Damamel	340½
b) Amba-Saleh od. Sareb	338½
Temmai, Dorf auf einem Hügel, 1½ M. vom Standpunkt	325½
Berg Semayata	179—180
Hoher Berg östlich von letzterem (wohl Hedja oder Hitscha)	183—184
Die Spitzen dazwischen nicht sichtbar wegen trüben Himmels und Gewitter.	
Abfall ins Thal von Gundet	100

	Direktion Magnet. Nord.
Der gegenüberliegende Abfall	140°
Kesadaro	4

Station IX. Bei Meb'sab Alabu, Hügel 1 Meile NO. vom Lager vom 13. Novbr. (Magnet. Var. 8° W., aus Daro-Tekli bestimmt.)

	Direktion Magnet. Nord.
Berg von Gundet, West-Vorsprung	356
„ „ „ Südwest-Vorsprung	345
Daro-Tekli, 3 bis 4 Meilen vom Standpunkt	214—215
Tafelförmiger Berg mit Dorf, 3 Meilen entfernt	270
Erwa-Ensa, Spitze der vulkanischen Gruppe um Adua	228—229

Station X. Im Dorfe Daro-Tekli, 14. Novbr. 1861. (Magnet. Var. 8° W., aus Kesadaro, Semayata und Adi-Jesus bestimmt.)

	Direktion Magnet. Nord.
Abfall bei Gundet, West-Vorsprung	3½
Kesadaro	1½—2
Aila-Gundet	18
Nadelförmige Spitze bei Arasa, Gebra-Marait, s. St. VIII. (kommt nach dieser Direktion viel weiter westlich als nach der früheren näheren Visirung).	18?
Berg von Adiabo (jedenfalls Adi-Daro d'Abbadie's)	77½
Berg Semayata bei Adua	229½
Erwa-Ensa, Arba-Densa oder Darba-Ensa (unbekannt)	239—240
Adi-Barach, 2 bis 2½ Engl. Meilen	219
Hamedo, Ebene, scheinbar zwischen	18 u. 3

Station XI. Auf dem Berg von Adi-Jesus zwischen Adua und Axum, 28. Nov. 1861. 5 Engl. Meilen von Adua. (Magnet. Var. sehr genau bestimmt zu 7½° W, aus Kesadaro, Bihiza (d'Abbadie), Debre-Sina, Säoda, Semayata, Gualhaze d'Abbadie's, Adi-Abuna u. Adua.)

	Direktion Magnet. Nord.
Berg Zebán-Debri in Kohein	16½
Berg von Arasa? (stimmt nicht mit dem zuerst niedergelegten Punkt dieses Namens, s. Stat. VI)	6½
Berg von Adi-Gurfojo, Gurfodje mit Kirche, 1 M. entfernt	4
Kesadaro	358½
Adi-Baro (stimmt selbst bei dieser grossen Entfernung ganz genau und giebt somit eine wichtige Kontrole für die Genauigkeit der ganzen bisherigen Winkelmessungen ab)	355½
Ax-Derbate, Berg von Adirhade, 3 bis 4 M. entfernt	351
Aila-Gundet	353½
West-Abfall der Berge von Gundet	349¾
Abfall bei Adi-Husla	354
Daro-Tekli	339½
Ost-Abfall des Plateau's von Gundet	339
Behesa mit Kirche (Bihiza d'Abbadie's)	328
Adi-Barach (conf. Stat. X.)	317½
Debre-Sina bei Adua	314½

Gruppe der Kuppen von Adua (zum grossen Theil auf der Karte nicht angegeben, weil unbekannt):

	Direktion Magnet. Nord.
Koot oder Choot, ferner Berg, 8 bis 10 Meil. entfernt	310½
Duch, näher um 1 bis 2 Meilen	305¼
Mesbir	304
Mai-War	302½
Daba-meda	301½
Mai-taro	299
Darwa-densa, mit Kirche	293
Säloda bei Adua	284½
Rajo	281½
Semayata	273½
Berg von Abba-Gerima	267
Berg Haheili, auf dem Weg nach Faras-mai, hinter der Gruppe von Adua	271½
Amba von Golbasi (Gualhaze d'Abbadie's)	264
Adua, 5—6 Meilen entfernt	268
Adi-Abuna oder Fremona, gegen 6 Meilen entfernt	282
Bed-Johannes, 2 Meilen entfernt	257
Abfall des Plateau's hinter Adua nach SSW. Logondi	234
Berge von Geraldu; a: 233; b:	228½
Djeni, Berg in Tembén	219
Damo, 5 Meilen von Adua (Dammo-Galila d'Abbadie's)	210

	Direktion Magnet. Nord.
Berg von Abiáde, Hauptstadt von Tembén	214¾°
Aber, Djabar in Simen	136½—137
Die übrigen Berge von Simen wegen Gewitter nicht sichtbar.	
Addi Godjo, 6 M. südwestlich von Axum, mit Dorf	99—100
Dabba Mentelé oder Mendelén zwischen Axum und dem Standpunkt	92
Dabba Burach, mit Mentelé zusammenhängend	86
Berg Mongol, 3 Meilen von Axum	88
Spitze rechts davon	71
Mehano, hohe scharfe Spitze daneben	68
Lahia, langer Rücken, 1½ Meil. entfernt	185—165
SW.-Abfall des Plateau's von Axum	128
Höchster Berg von Halai (stimmt ganz genau mit Schayk-Ara d'Abbadie's)	323—325
Deráge, 5 Meilen von Axum	112
Axum selbst nicht sichtbar, ungefähr	86—87

Station XII. 2 Meilen von Adua und ¼ bis ¾ Meil. nordwestlich von Abba-Gerima. (Magnet. Var. 7° W., aus B. Sáloda, Semayata, Debre-Sina abgeleitet.)

Dabba Mentelé	92
Spitze Mehano bei Axum, conf. Stat. XI	82
Debre-Sina bei Adua	69
Berg Sáloda, höchste, West-Spitze	59
Adi-Jesus	91½
Lahia, Berg	104
Einzelner turner Berg jenseit des Mareb	73½
Semayata	'284
Adi Barach, Berg	36½
Hoher Berg hinter Amba-Sea, wohl Erwa-Ensa oder auch Hedja	9—10

Station XIII. Adua, Standpunkt am westlichen Theil der mittleren Stadt, 1. Dez. 1861. (Magnet. Var. 7° W., bestimmt aus Semayata, Sáloda, Adi-Abúna, Debre-Sina, Adi-Jesus etc.

Adi-Jesus	93½
Berg Moror auf dem Plateau von Axum, 7600 F. hoch	110½
Berg Sáloda, höchste, West-Spitze	355
Berg Hedja oder Hitscha	310
Debre-Sina	57
Maiqoqa, Ruinen der einstmaligen Residenz der Portugiesischen Jesuiten	57
Adi-Abúna, nicht sichtbar, etwas nördlich von Maiqoqa	
Semayata	277
Berg von Abba-Gerima	263

V. Liste der Orte in der Provinz Hamasén. Von Werner Munzinger.

1. Gau Gümmegan oder Dembesan in 14 Dörfern 1):
Daraschi. — Makarda. — Schume Negus tahtei (das Untere). — Schume Negus lalei (das Obere). — Az-Ekelum. Genscheuaschim. — Hajalom. — Beit-Seru. — Guritat. — Beit-Mahere. — Afdeju*. — Az-Teklesan*. — Wara*. — Digdig.
Häuptling: Kantebai-Ligam.
2. Gau Karneschim in 15 Dörfern:
Woki. — Duhseb. — Sager. — Kaudahba. — Defferö. — Asen. — Az-Sebeka. — Az-Petros. — Gerrmi. — Tsahaflam. — Amba dirho*. — Belesa. — Kasen (grosser Ort)*. — Az-Nefas*. — Az-Engule.
Häuptling: Kantebai-Bakit. Tribut an den Kaiser: 2000 Thlr.
3. Gau Hazaga in 8 Dörfern:
Az-Habselus. — Gümgeminuk. — Az-Asfedal. — Ameti. — Az-Ebbenei. — Az-Jakob. — Huzaga. — Gesagdi. — Tribut an den Kaiser: 400 Thlr.
Häuptling: Welde-Mikaël, Salomon's Sohn, Nebenbuhler der Familie von Tsazega.

") Die mit einem Sternchen versehenen Orte sind von Herrn Munzinger in den Jahren 1858 bis 1860 besucht worden.

4. Gau Saher in 8 Dörfern:
Az-Gnadat. — Märhene. — Az-Hauscha. — Sigib. — Az-Arada. Embeito. — Az-Hedrom. — Tsolot oder Zelot. — Tribut an den Kaiser: 500 Thlr.
Zerstreute Dörfer:
Woqerdi. — Demba (zu Bizen gehörig). — Die sieben Lamsa. — Sela-Daro. — Az-Hamschte. — Addi-Rasi. — Mosguag. — Az-Enneger.
5. Molasenei am Rand des Burka oder Af-Gula. 1 Dorf und Weiler.
6. Az-Schrhel, in vielen Weilern zerstreut, wozu auch Gudum gehört, unweit Gumraraba, das verlassen ist.
7. Az-Danschim, in vielen Weilern zerstreut.
8. Az-Maman*. 2 Dörfer; dazu gehört Arba-Schiko.
9. Zum Gau Tsazega gehören folgende Nachkommen von Gebre Cristos: Tsazega*. — Az-Gebru*. — Debri. — Az-Teklei. — Az-Johannis*, dazu gehört das Kloster auf dem Zad'amba. — Az-Mussa. — Az-Kuntsa. — Asmara*. — Godeif. — Geziret. — Muqarka. — Az-Segedo. — Az-Abeto. — Woqi-Dubba. — Tsade-Kostan*. — Darequalos. — Qischet. — Doch wohnen unter ihnen viele fremde Niedergelassene.
10. Gau Loggon-Tschuan, 40 Dörfer:
Schiketi*. — Abbarde. — Kutte-Maule. — Az-Tsenei. — Az-Scherefeto. — Az-Saul*, Kelkelti*, liegen beide dicht beisammen. — Az-Seldeit. — Az-Hallo. — Kaqebta. — Absaga. — Addi-Baro*. — Az-Logga. — Debama. — Ibn-Tsellein. — Az-Geret. — Tseneto. — Az-Abbade-Johannis. — Az-Nocho. — Tschät. — Deqi-Tsená. — Az-Nahabei lalei. — Az-Nahabei tahtei. — Amader. — Ergut. Tale. — Az-Feles. — Az-Guila. — Az-Hiferra. — Antsala. Bambo. — Wogereko lalei. — Wogereko tahtei. — Gerat-Gebru-Habela*, Deda*, 2 Stunden von Himberti. — Az-Gebrei*. — Az-Kefelet lalei. — Az-Kefelet tahtei. — Himberti*. — Tribut von Loggon an den Kaiser: 2500 Thlr.
Zu Az-Atoschein gehören (also Eine grosse Familie bildend): Tsazega und die anderen Nachkommen von Gebre Cristos. — Hazaga. — Dembesan. — Molasenei. — Az-Maman.
Loggon-Tschuan sind vom Okule-Kusai, Schehei, Danschim sind wahrscheinlich Barea.

VI. Itinerar und Kompass-Winkelmessungen, angestellt auf der Reise W. Munzinger's und Theod. Kinzelbach's von Mai-Scheka bis Kassala und von Kassala bis Chartum von W. Munzinger 1).

	Geschätzte Entfernung St.	Direktion.
Direktionen genommen von Station I. Höhe über Mametschekat, südwestlich von Mai-Scheka. (Magnetische Variation 5½°, ermittelt aus Belalach oder Kesadaro, Adi-Huala, Gundet, Az-Tschomai, Godofelassie.)		
Weiler Mametschekat	1	N. 59-61° O.
Az-Qolqol oder Kalakel, mittelgrosses Dorf, etwa 500 Einwohner	¼	100° O.
Az-Korei, grosses Dorf, etwa 1000 Einw.	¼	179 W.
'Abi-Addi, mittelgross	¼	160 O.
Az-Hudug, gross	¼	148 O.
Az-Habber, mittelgross	1½	100 O.
Beit-Gabriel, Weiler	1½	78 O.
Anagaben, gross	2	65 O.
Gaben, gross	2	60 O.
Demba, gross	2	48 O.
Az-Tschomai, Weiler	2	46 O.
Gundet	1½—2	149 W.

") Die in Parenthesen beigesetzten Anmerkungen beziehen sich auf die Konstruktion der Karte und die dabei ermittelte Magnetische Variation.   B. H.

Datum.	Weg und Messungs-Stationen.	St.	Min.	Direktion.
	Aila-Gundet	2½	—	N. 140° W.
	Medebei-Tabor			108° W.
	Däro-Konat, grosser Ort			90 W.
	Az-Wadzot, do.			45 W.
	Märeb-Fluss			150 W.
	Sein Lauf: West.			
	Belalach oder Kesadaro (Gorzo-Berge d'Abbadie's)			12 W.
	Adi-Huala, grosser Ort			24 W.
	Mai-Scheka, kleines Dorf von ca. 200 Einwohnern			50 O.
	Godofelassie			5 O.
	Az-Bahro, gross	—	45	3 O.
16. Novbr. 1861	Abreise von Mai-Scheka.			
	Abhang bis Fasion	—	30	SW.
	Thal bis Scheich-Marhé	—	15	W.
	Das Thal Fasion trennt die Hochebene und beginnt ¼ Stunde ober Mai-Scheka. Die gegenüberliegende Ebene von Ost mit Mai-Tsade verbunden wie ein Hufeisen; sie fällt westlich nach Gundet ab, südl. zum Märeb und ist ½ St. breit.			
17. Novbr.	Bis Mai-Kodo-Torrent. Scheideweg nach Adua. Von hier zum Märeb etwa 2 St., dies bildet	1	—	
	Az-Sejabo . . . die Ebene	1	30	
	Mai-Zabri-Torrent . von Gun-	1	—	
	Langsam steigende Ebene det.	—	45	
	Die Wasser von Fasion, Mai-Gomme, Tsade-Qelei und vom östl. Abfall von Baraklt vereinigen sich zum Mai-Zabri. Der vereinigte Strom lässt dann die Dörfer Aila, Sebao und Az-Abbarom links (die beiden letzteren mit mohammedanischer Bevölkerung), Adi-Golbo rechts und geht in den Märeb.			
	Steiler Abhang bis Mäshäl. St. II.	—	30	
	Richtung von Mai-Scheka			Ost zu N.
	Mai-Zabri			N. 112° O.
	Tsade-Qelei			63 O.?
	Maragus			26—63° O.
	Medebei-Tabor			118—123° W.
	Adi-Golbo			140° W.?
	Aila			140 O.
18. Novbr.	Durch sehr zerrissenes Hügelland u. ein tiefes Thal, das Baraklt und Kohein trennt, bis zur Höhe Kohein. Stat. III.	1	—	
	(Magnet. Var. 9° W., bestimmt aus Mai-Scheka und Tabor.)			
	Mäshäl			105 O.
	Mai-Scheka			91 O.
	Strasse nach Kesadgua, 10 Min. von Debri			94 W.
	Medebei-Tabor			125—127° W.
	Aila-Gundet			122° O.
	Bis Mai-Debri in einer tiefen Schlucht	1	15	
	Aus der Schlucht nach Debri hinauf, 300 F. hoch. Stat. IV.	—	5	
	(Magnet. Var. 8° W., gut bestimmt aus Kesadaro, Mai-Scheka, Adi-Huala, Adi-Däro in Adiabo.)			
	Adiabo (jedenfalls die Berge von Adi-Däro gemeint)			100—113° O.

Datum.	Weg und Messungs-Stationen.	St.	Min.	Direktion.
	Debre-Mariam. Unter ihm Grenze des bewohnten Landes			N. 66° W.
	Hohe ferne Berge von Dembelas			50—85° W.
	Obel			30° W.
	Von Gundet bis Obel und Debre-Mariam eine Ebene, Baraka-Kohein, die durch einen kleinen Sattel, welcher Kohein mit Maragus verbindet, getrennt wird.			
	Debre-Mariam mit Kloster, entfernt von hier	3-4	—	
	Ober-Dembelas			240 W.
	Kesadaro			29 O.
	Mai-Scheka			92 O.
	Adi-Ahsa und Zeman-Debri, zur Kolla gehörend			7 O.
	Tsade-Qelei			74 O.
	Adi-Huala			92 O.
	Adi-Golbo	1	30	184 W.
	Von Debri zum Märeb soll es 2 bis 3 Stunden sein, von Debri nach Adi-Golbo etwa 1½ Stunden.			
	Bis Dorf Kesadgua. Stat. V.	—	30	
	(Magnet. Var. 8° W., bestimmt aus Kesadaro, Adi-Däro u. Dammo-Galila.)			
	Debre-Mariam	3	—	57 W.
	Adiabo			107 W.
	Medebei-Tabor			127 W.
	Lauf des Märeb unter Debre-Mariam			60 W.
	Debri			61 O.
	Belalach oder Kesadaro			30 O.
	Zeman-Debri	2-3	—	53 O.
	Debr-Damo bei Adua (Dammo-Galila d'Abbadie's)			154 O.
19. Novbr.	Bis Mai-Menö, abschüssige Ebene	1	—	
	Der Marktplatz ist 5 Min. vor dem Torrent auf dem Weg, das Dorf WSW. vom Torrent 5 Min. weit auf einer Anhöhe. Eine direkte Handelsstrasse führt von hier über den Sattel von Zeman-Debri und Maragus nach Godofelassie: 2 Tagereisen.			
	Bergauf bergab	1	—	
	Enger Gebirgsrücken	1	—	
	Sattel nach Mai-Gorso führend	1	—	
20. Novbr.	Ebene von Mai-Gorso	—	15	
	Abwärts führender Grath	—	30	
	Steiler Abfall ins Märeb-Thal	—	15	
	Ebene bis Arakebu, Tränkplatz am Märeb	—	30	
	Der Märeb macht hier viele Windungen.			
	Richtung des Thales: nach Nord.			
	Medebei-Tabor	—	30	170 O.
	Weg nach Gunné-Gunné			170 W
	Über Hügel bis Woddaeb-Torrent	1	—	
21. Novbr.	Langsam steigend, durch Wald	1	30	
	Steiler Anstieg	—	45	
	Auf u. ab nach Gunné-Gunné. St. VI.	—	15	
	(Magnet. Var. 6½° W., bestimmt aus Debre-Mariam u. Az-Nebrid.)			
	Debre-Mariam			30 O.
	Medebei-Tabor			89—106 O.
	Schmaler ebener Sattel	1	—	
	Durch Kessel bis Az-Nebrid auf einer Anhöhe. Stat. VII.	2	15	

Datum.	Weg und Messungs-Stationen.	Direkte Entfern. St.	Direkte Entfern. Min.	Direktion.
	(Magnet. Var. 6¼° W., bestimmt aus Kesadgua, Adi-Huala, Adi-Dāro u. s. w.).			
	Gunné-Gunné			N. 85° O.
	Medebei-Tabor			87-96° O.
	Kesadgua			71° O.
	Adi-Huala			77 O.
	Rohabaita	3	—	46 O.
	Amba-Zua	¾-1	—	
	Mâreb-Lauf zwischen Adiabo und Thuql			18 W.
	Dubene in Colla-Saraè			10 W.
	Az-Dāro			154 W.
	Berkobo	1	—	146 W.
	Richtung von Alemmo-Gau			28 W.
	Az-Berei			58 W.
	Mai-Dāro in Bazen (nach der Karte 39° W.)			46 W.?
	Richtung von Mai-Gorso			69 O.
	Mai-Barakit			125 O.
26. Novbr.	Von Az-Nebrid bis Tsade-Mudri eben fort	1	15	
	Steiler Abhang	—	15	
	Allmählich abwärts bis Sager nahe von Az-Berei	3	15	
27. Novbr.	Steigend bis Station VIII.	—	15	
	(Magnet. Var. 6° W., bestimmt aus Az-Dāro u. Amba-Zua.)			
	Amba-Zua			105 O.
	Az-Dāro			144 O.
	Az-Nebrid 122 im Mscr., wohl Versehen für			112 O.
	Berkobo oder Merkobo			139 O.
	Tsade-Mudri			141 O.
	Unser Weg			83 W.
	Thuql			25 O.
	Bis Anhöhe, Station IX.	3	30	
	(Magnet. Var. 6° W., abgeleitet aus Az-Dāro und Amba-Zua.)			
	Amba-Zua			127 O.
	Az-Nebrid			136 O.
	Az-Dāro			145 O.
	Berg vor uns			30 W.
	Unser Weg			45—50 W.
	Bis Torrent Herret	—	30	
	Bergauf bis zur Höhe von St. X.	1	—	
	(Var. 6° W., abgeleitet aus Amba-Zua, Az-Nebrid u. Az-Dāro.)			
	Amba-Zua			130 O.
	Az-Dāro			147 O.
	Az-Nebrid			133 O.
	Thuql			60 O.
	Dembelas und Mâreb	3	—	N.
	Mâreb-Lauf			N. 60 O. - 10 W.
	Mai-Dāro			32° W.
	Hinabsteigend bis Godgodo-Torrent	1	30	
	Von hier zum Mâreb bei Korkorra sind es 2¼ Stunden; da vereinigt sich auch ein von Thuql kommender Torrent.			
28. Novbr.	Abhang zur Baraka	—	30	
	Ebene bis Torrent Ahra, kommt von W. aus der Steppe, 20 Schritt breit	2	15	
	Ebene bis Torrent Dekeschbo, ebenfalls östlich zum Mâreb	1	15	
	BisOita über Hügel. Torrent mit Tecih	2	—	
	Hügel Masebu, kein Wasser	1	—	
29. Novbr.	Einem Strom nach, der zum Mâreb führt, abwärts bis Mai-Dāro, das auf einem Hügel gelegen ist	2	15	

Datum.	Weg und Messungs-Stationen.	Direkte Entfern. St.	Direkte Entfern. Min.	Direktion.
	Stat. XI u. XII. (Magnet. Var. 5° W., bestimmt aus Richtung u. Entfernung von St. X sowie aus Th. v. Heuglin's Peilung v. Zad'amba, s. p. 14.)			
	1ste Aufnahme: Mâreb, nächster Punkt			N.
	„ weiter oben	2-3	—	N.110° O.
	Grosse Ebene, vom Mâreb umflossen			90—55° O.
	Alemmo			15—23 O.
	Anal	7-8	—	125—132° W.
	Anagulle	3-4	—	120° W.
	Alles im Süden Hügelland, im Norden nur einzelne Hügel. Der Mâreb beschreibt einen grossen Bogen bis Anal; dazwischen Alles Hügel.			
	Fodie	2-3	—	70—73° W.
	Fodie und Anagulle liegen jenseit des Mâreb am Abhang der Berge, nahe dem Fluss.			
	2te Aufnahme: Richtung von Eimasa. 1½ Tag			56 W.
	Anal, Mâreb links lassend	10	—	130 W.
	Masemu (ob identisch mit Masebu-Hügel?)			132 O.
	Afilo			22 O.
	Alemmo			7 O.
	Unser morgiger Weg			5 W.
	Mâreb, oben	—	30	65 O.
	„ „	2	—	105 O.
	Die Hügel im Süden unbewohnt, die im N. u. W. bewohnt. Im Osten grosse Ebene.			
	Unser Weg von Mezan-Negarit (Stat. X) ungefähr			153 O.
1. Desbr.	Den Hügel hinab zur Ufer-Ebene des Mâreh	—	30	
	Der Fluss ist hier 180 Schritt breit, macht einen grossen Bogen nach Süd, berührt Anal und kehrt dann nördlich zurück, Eimasa rechts lassend, und wird Gasch.			
	Bis zu einem Torrent in der Ebene langsam steigend, Felder und Dörfer zu Mai-Dāro gehörig	2	—	
	Bis zu einem 2. Torrent. Ende der Ebene; von hier an die zu Alemmo gehörigen Felder	2	—	
	Den Torrent aufsteigend bis zur Wasserscheide	—	30	
	An Gega und anderen Dörfern vorbei bis zum fliessenden Torrent, der von Afla kommt. Durch Kultur-Ebene	2	45	
	die letzte St. etwas hügelig.			
	Bis Tender a. einer Anhöhe. St. XIII.	—	15	
	(Magnet. Var. 8° W., niedergelegt und bestimmt aus der Entfernung und ungefähren Richtung von Mai-Dāro u. Samero.)			
	Weg nach Mogelo			55 W.
	Dsaude-Distrikt. Bazen-Dörfer			75 O.
	Az-Ibn und Eimasa			80—85° W.
	Wildniss			110—150
	Unser heutiger Weg			S.
	Balka (Mai-Dāro?) ungefähr			N.170 W

Datum.	Weg und Messungs-Stationen.	Direkte Entfern. St.	Min.	Direktion.
	Hügel Mentefere, von uns rechts gelassen	1	30	N.161° O.
	Hügel Betkom	1	—	159 O.
	Berg Ogonna bis B. Legederbe	4	—	115—130° O.
	Gau Afla, hinter ihm Barka	5	—	70—105 O.
3. Dezbr.	Alemmo-Gau	3	—	150—161 O.
	Hügel-Ebene bis Samero u. Kerta, an einander liegend	1	—	
	Samero liegt gerade über dem Abhang zu den Barea. Die Basen-Dörfer Dsaude liegen rechts ab, etwa 1 St. weit.			
	Stat. XIV. (Lage bestimmt aus Entfernung von Mai-Däro, Richtung von Arnetta und den beiden visirten Punkten; Magnet. Var. 9¼° W.)			
	Zad'amba im Bogosland	...	...	80 W.
	Aschera, ungenau	...	...	70 W.
	Bergabhang, ziemlich steil	—	30	
	Dem Strom nach bis Beigetta. Enges Thal	—	45	
	Dem Strom nach in das breite Thal Amida, übersetzen es quer nach Mogelo	2	15	
8. Dezbr.	Von Mogelo an Karkotta vorbei, an die Ecke des Berges nach Arnetta. Stat. XV.	—	30	
	(Magnet. Var. 9° W. und Lage bestimmt aus der Entfernung und ungefähren Richtung von Samero, aus Algedén, Bischa und Kinzelbach's Breitenbestimmung.)			
	Mogelo	—	45	178 O.
	Karkotta	—	20	167 O.
	Bischa	3	—	28 O.
	Schilko	—	30	28 O.
	Meschgul	—	20	20 W.
	Habretta	—	20	17 W.
	Unser Weg morgen	...	...	114 W.
	Mogoréb nördlicher.			
9. Dezbr.	Von Arnetta den Torrent aufwärts bis zur Wasserscheide von Mogoréb	—	45	
	Bis neben das Dorf Scheref, das rechts abliegt	—	30	
	Bis zu einem Torrent	—	15	
	Ihm nachgehend	—	30	
	Ihn verlassend durch Hügel ins offene Thal	—	30	
	Das Thal hinab nach Eleféno am Mogoreib. Stat. XVI.	1	30	
	(Magnet. Var. 9° W., aus Arnetta u. Algedén bestimmt.)			
	Richtung von Arnetta	...	...	108 O.
	Anfang der Ebene Mogoréb	...	...	147 O.
	Links Selest-Logodat	...	...	S.
	Eimssa	...	...	S.
	Berg und Dorf Az-Mahau	1	—	N. 172 W.
	Den Torrent Mogoreib eine kurze Strecke abwärts, dann ihn rechts lassend zwischen kleinen Bergen zur Ebene Serobeti an dem Torrent Boka, der zum Mogoreib geht	4	—	NW.
	Am Vormittag, jenseit des Mogoreib, wurde der Berg Lebi od. Nebi, ca. 800 F. rel. Höhe u. bis Bischa u. Arnetta sich erstreckend, rechts gelassen.			
10. Dezbr.	Die Ebene lassend über steile Hügel am Torrent Taura in einem engen Thal	3	20	WNW.
	Den Berg steil hinauf	—	45	
	Ebene On, flach; Kultur	1	15	
	Über einen kleinen Sattel zum Westfuss des Dablot-Berges, wo Algedén liegt	—	30	
	Ersteigung des Berges Dablot. Station XVII.			
	(Magnet. Var. 9° W., bestimmt aus Kassala, Bischa, Eleféno.)			
	Bischa	...	...	N. 98° O.
	Aschera	...	...	85 O.?
	Algedén	—	15	85 W.
	Buntana	—	30	12 O.
	Taura	...	...	90 O.
	Sabderát	...	...	86 W.
	Kassala	...	...	88 W.
	Elit	...	...	142 W.
	Bitama	...	...	110 W.
	Mareb	...	...	S.
	Aradib	...	...	N. 90 W.
13. Dezbr.	Exkursion am Mareb, durch die Ebene On am Torrent Gerascha, der überschritten wird, bis Fels mit Wasser, Dohoiei	8	—	S.
	Stat. XVIII. (Magnet. Var. etwa 9° W.)			
	Der Mareb kommt von	...	...	N.150 O.
	Anal	...	...	150 O.
	Mareb fliesst nach W., wo Haffara etwa 1 Tag von hier.			
	Eimssa, eine grosse Tagereise weit	...	...	120 O.
	Serobeti	...	...	60 O.
	Elit, Dorf	...	...	60 W.
	Im S. Bergreihen, hinter ihnen Sogodas	...	...	160 W.
	Im O. lange, nicht sehr hohe Bergreihe, die, von der passirten getrennt, hügelig nach Serobeti hin abfällt.			
	Bitama. Von da bis Haffara am Mareb eine zusammenhängende Bergreihe.	...	...	65 W.
14. Dezbr.	Zum Mareb, hier Gasch, breit, viele Teiche, wie auch oberhalb Kassala	2	—	S.
	Nach Elit. Von hier am Mareb ist 1½ St. Entfernung. Die Berg-Gruppe von Elit bildet fast ein Viereck. Die innere, ringsum eingeschlossene Hochfläche hat ½ St. Durchmesser. Rings um die Berg-Gruppe, namentlich nach dem Mareb hin, liegen die Felder der Leute von Elit. Zur Terrasse in der Mitte des Berges führen drei sehr steile Zugänge, die mit Pferden kaum bestiegen werden können. Das Dorf, welches auf der Westseite hoch oben neben dem Brunnen liegt, ist sehr gross. Es ist das letzte der Basen nach Westen hin. Verkehr mit Algedén.	4	—	NW.

Datum.	Beschreibung der Route.	St.	Min.
15. Dezbr.	Zurück nach Algedén[1]	8	—
	Von Algedén nach Arabib- od. Aradeb-Strom, der durch Suua oder Sauab nach Kurkabat in den Barka geht.	4	—
	Salderät	8	—
22. Dezbr.	Kassala[2]	6	—
	Die Stadt hat etwa 5000 Einwohner mit den Soldaten innerhalb der Ringmauern, ausserhalb etwa 6000. Am Fieber, das dieses Jahr besonders stark wüthet, sind in der Stadt 300 Personen gestorben, ausserhalb der Mauern weniger. — Aufenthalt in Hellet-Scherif 6 Tage. Der Ort hat 3 Wasserquellen, davon eine bei Chatmin auf der Höhe des Berges. Ein grosser Teich, der etwa 500 P. F. vom Fusse des Berges entfernt ist, ist mit grossen Gummibäumen bedeckt, die im Wasser stehend Alles beschatten.		
	Die Berge von Kassala, Abu-Gaml, Bitama und Elit haben grosse permanente Wasservorräthe in natürlichen Cisternen, die auf der Höhe sind.		
10. Februar 1862	Abreise von Kassala. Den Gasch erst links lassend, ihn dann übersetzend gelangten wir durch prächtige Obel- und Durrahfelder in ganz ebener Landschaft nach Ebret, einer grossen, auf einem Gos, d. i. kleine Anhöhe, weit zerstreuten Ortschaft der Hallenga	4	—
11. Febr.	Am Saum der Durrah-Pflanzungen entlang, den Gasch eine gute Stunde entfernt rechts lassend. Die Landschaft ist fast baumlos	3	—
	Abends bis zu Hadendoa-Zelten	2	—
12. Febr.	El Hauéde, Steppe mit starkem Graswuchs, aber sehr wenig Bäumen. Eine grosse Menge Wege führen durch die Hauéde vom Gasch zum Atbara, nach starkem Regen sind sie aber fast nicht gangbar.	9	45
13. Febr.	Gos-Redjeb	6	30
14. und 15. Februar	Gos ist ein bei den Djälin sehr gebräuchlicher Name und bedeutet etwas Erhabenes. Bei Berber giebt es sehr viele Gos. Gos-Redjeb ist durchaus Handelsstadt, fast so gross wie Kassala. Seine Bewohner sind sehr thätige Handelsleute, die bis Kairo, Djedda, Gallabat, Darfur, Suakin reisen und die Länder, mit denen sie in Verbindung stehen, meist selbst genau kennen. Durch den Handel, durch die glückliche Lage und die sehr gesunde Luft, welche keine Fieber zulässt, wächst die Stadt bedeutend und man sieht zwischen den schönen grossen Thuqi viele ansehnliche, gut gebaute Maraba.		

Jeden Tag ist Markt auf einem grossen Platze, wo man alles zu einer Reise Nöthige haben kann. Täglich bricht eine Karawane von Gos auf (Nachmittags) oder kommt daselbst an (Abends). Es besteht eine Douane nur für die Waaren aus Abessinien. Da Gos in einer Sand-Wüste liegt, also keine Kultur betreibt und nur einige Sagien für etwas Gemüse und Coton unterhält, so bezieht es alle Nahrung aus Qedaref durch Karawanen.

[1]) Die Distanzen der Route von Algedén nach Kerén sind folgende: Von Algedén den Strom Hanaschelt hinab 5½ Stunden, Af-Deheb 3½ St., Bar 3 St., Bels-Genda, vis-à-vis Dunguss, mit 2 Süsswasser Teichen 5½ St., El Hosch 3 St., Sullb 4 St., Tschagle 3 St., Kar-Obel 3½ St., Adarte 5 St., Darotai 2 St., Kerén 7 Stunden.

[2]) Wir geben den folgenden Theil vollständiger als das Vorstehende, im Auszug aus Munzinger's Tagebuch, da in dem Werk desselben: „Ost-Afrikanische Studien" fast gar Nichts über diesen Abschnitt der Reise erwähnt worden ist. B. H.

Der Kern der Bewohner scheinen Fundj zu sein; dazu kommen aber von allen Seiten Zuflüsse, besonders Djälin, die als sehr thätige Handelsleute überall hinkommen und ihren eigenen Scheich haben. Die allgemeine Umgangs-Sprache ist die Arabische. Die Stadt ist reich und giebt einen Tribut von 5000 Thlr.

Der Atbara ist ½ Stunde von Gos entfernt. Er hat das ganze Jahr Wasser und wird im Winter sogar sehr hoch, so dass er mit Booten übersetzt wird. Jetzt füllt er nur ein Drittel des Bettes und ist stellenweise so tief, dass er einem Mann bis an die Brust reicht; die Strömung ist sanft.

Die beiden Erembat liegen ½ Stunde jenseit des Flusses und sind durch einen dichten Wald von ihm getrennt, während auf ihrer Westseite, bis Gos, Alles nackte, fast baumlose, etwas über den Fluss erhabene Sandwüste ist. Sie haben wohl durch ihre abenteuerlichen Formen Viele verleitet, an Alterthümer zu denken; Steine und Felsen sind senkrecht, fast übernatürlich aufgestellt und besonders ein kreuzförmiges Bild lässt an Menschenhand denken. Leider hindert mich meine Schwäche vom Fieber, sie zu besteigen.

Von Gos-Redjeb geht durch die Sandwüste eine direkte Post-Strasse nach Chartúm, mit einigen Brunnen, die spärlich von Schukrie bewohnt werden.

16. Februar. Abreise von Gos, Vormittags. Der Atbara macht einen Bogen, den wir abschneiden. — Die Wüste hat ganz den Charakter der Hauéde, fast keine Bäume, theilweise viel Gras, das hier von den Schukrie benutzt wird. ½ Stunde von Gos übersetzten wir den Chor Emtirab an einer Stelle, wo ein Acker mit Baumwolle und Durrah, da seine tiefe Lage ihn der Überschwemmung aussetzt. Das Land ist hier von den Beschari bewohnt, tiefer von den Djälin; die Schukrie usurpiren nur. Wir haben Morgens bis Nachmittags starken Nordwind. Diese Gegend bis Berber ist ohne reissende Thiere, so dass Ziegen und Esel ohne Gefahr im Freien schlafen. Auffallend ist der Reichthum an Eseln von einer guten, kleinen, aber starken, sanft und schnell laufenden Race. Für 3 Thlr. erhält man schon einen guten Esel und so sieht man bei Karawanen fast Niemand zu Fuss. *(3½ St.)*

Nachmittags bis zu einem Schukrie-Dorf, dann und wann den Atbara weit verlassend, über Sandboden mit wenig Bäumen und Gras. Die Zelte der Schukrie sind wie die der Beni-Amer, aber sehr kurz. Sie waren eine halbe Stunde weit zwischen den Bäumen versteckt und zerstreut; oft dienen nur Bäume als Wohnung. *(2½ St.)*

17. Februar Vormittags von 4 bis 9 Uhr 5 Min., Nachmittags von 4 bis 7 Uhr. Wir zogen näher am Atbara hin über Sandboden, auf dem kein Fels und Stein zu sehen war. Die zahlreichen Bäume waren hauptsächlich Mimosen und Nebek mit reifen Früchten. Wenige Gazellen von der kleinen Species. Auf dem Wege keine Ansiedelung, die mehr im Inneren sind. Die Ufer des Atbara sind meist sehr waldig, während das Innere fast baumlos erscheint. *(7½ St.)*

18. Februar Vormittags bis Baluk, einer ziemlich grossen Insel im Fluss, von den Beschari zum Anbau von Duchn benutzt. Wir lagern über dem Strom neben dem Zelten-Dorf. Etwa in gleicher Breite mit Baluk und etwa 2 Tagereisen (ca. 12 St.) östlich von hier, bei Umbereb, ist das Ende des Gasch-Stromes und so weit wird er von den Hadendoa zur Kultur benutzt. Sehr selten, in Jahren, wo die Wassermenge so gross wird, dass er im Stande ist, das Land Taka bis vielleicht 80 St. nach N. reichlich zu überschwemmen, gelingt es ihm, sich einen Weg zum Atbara zu bahnen. *(3½ St.)*

Nachmittags 4 bis 7 Uhr führt der Weg immer durch wüstes Land, von wellenförmigem Flugsand bedeckt. Kein Stein, kein Gras, aber viele Mimosen, deren Gipfel oft buchsbaumartig horizontal zu einem Zirkel abgeschnitten erscheint. Kein Wild. Am Atbara Urwald. Seit Baluk Palmen und Nebek voller Früchte. Das Innere des Landes bewohnt, weil dort viel Gras; das Wasser erhält man von hier. *(3 St.)*

19. Februar Vormittags 6 Uhr 20 Minuten bis 10 Uhr 20 Minuten. Ganz nahe am Atbara wie gestern. Theilweise lange Ebenen mit etwas vergilbtem Gras. Unser Lager ist dicht am Fluss, dessen Ufer-Ebenen sehr tief unter uns lie- *(4 St.)*

gen. Einige Stellen über der Ufer-Ebene werden zur Ducha-Kultur benutzt.

Nachmittags. Wir machen 2 Stunden gewöhnlichen Wegs nahe dem Fluss, nehmen dann Wasser und Holz ein und betreten eine kleine Wüste oder Atmur, da der Atbara hier einen kleinen Bogen nach Osten beschreibt, welchen die Wüste Suané ausfüllt. Auch die jenseitigen Ufer des Atbara heissen noch so. An diesem Bogen liegt Um-Handel und andere Sagien. Da ist es auch, wohin der Gasch einen kleinen Chor schickt, und den Ort, wo er mündet, nennen die Hadendoa Gasch-da, d. i. Gasch-Mund, ein klarer Beweis für die Richtigkeit der Angabe, dass der Gasch sich zuweilen bis hierher verläuft. — Unser Weg, durch den wir den morgigen um 1½ Stunden verkürzen, führt über ganz flachen Kiesboden, der absolut ohne Baum und Gras sich weit ins Innere und rechts bis zum Fluss erstreckt. *(2 St.; 1½ „)*

20. Februar Vormittags 4½ Stunden gut marschirt. Die Wüste wird in der letzten Hälfte durch den Gasch gelb gefärbt. Die Kuhheerden, von denen zur Zeit einige hier weiden, kommen nur alle 4 Tage aus dem grasreichen Inneren an den Fluss, um da zu saufen, was eine Barka-Kuh nicht aushalten könnte. Der Atbara wird durch die schwarze Linie der Dumpalmen sichtbar, er nähert sich rechts mehr und mehr und endlich lagern wir ¼ St. von ihm an der Grenze der Wüste. — Nachmittags 3 Stunden. *(4½ „; 3 „)*

21. Februar Vormittags 3 St. 25 Min. marschirt, Abends 3 Stunden. *(6½ „)*

22. Februar Morgens 3¾ St., Abends 1 St. 50 Min. bis Menaui. Die Gegend wird lebendiger, die Sand-Dünen werden seltener. Seit dem Morgen des 21. Februar, wo wir mehrere Sagien passirten, die auch etwas Weizen machen, folgt dem Fluss nach ein unaufhörliches Durrahfeld, dessen Frucht bereits geschnitten ist. Der Atbara überschwemmt hier manches Jahr das Land bis 2 Tagereisen, was der Kultur beträchtlich nützt und das ganze Land mit Gras bedeckt, auch den Bäumen ein anderes Aussehen giebt. Der Boden ist mit Reussensplittern aus getrocknetem Lehm bedeckt. Auf beiden Seiten des Flusses sieht man Sagien. Längs der ganzen Route vom 21. und 22. Februar sind die Durrah-Pflanzungen der Kamelab, eines Beschari-Zweiges, welche diese Gegend mit ihren Zelten in Beschlag halten. Wir kehren den 21. Morgens und Abends bei ihnen ein und erhalten jedes Mal unsere Milch und Schafe. — Von der Mündung des Gasch ist noch zu bemerken, dass in ihr viele Tarfa oder Obel vorkommen, die sonst hier nicht einheimisch sind und aus dem Taka hierher geschwemmt worden sein müssen. Das Innere der Halbinsel von Suané dem Nil an ist mehr bewohnt und für die Kultur viel benutzt von den Djälin und Beschari. Überfluss an Gras, aber wenig Brunnen, doch ist Mensch und Thier hier an Durst gewöhnt. — Der Atbara wird von den Eingebornen mit Recht nur ein Chor genannt, da er in der heissesten Zeit ganz austrocknet, was eben den Chor charakterisirt. Man kann ihn nicht sehr nützlich nennen; die Kultur erschweren die meist hohen Ufer; der Gasch ist unendlich wichtiger für die Durrah. — In der Richtung des Atbara fortgezogen lagern wir am Abend unfern von ihm und nehmen bei Menaui Holz und Wasser ein, denn morgen gehen wir querüber zum Nil. Der Abend ist freundlich und windstill. Das Thermometer sinkt in der Nacht auf 9°, während es am Tag im Schatten 28° zeigt. *(5½ „)*

Sonntag den 23. Februar Morgens 4 St., Abends 3½ St. bis Damer am Nil. Wir durchgehen die Wüste, die Atbara und Nil trennt. Sie hat ganz das Aussehen wie Suané: meist steiniges, ebenes Terrain ohne die mindeste Erhebung, an einzelnen Stellen Gras und einige Bäume. Wir haben den ganzen Vormittag im Nordwind gefroren und ich werde wieder unwohl. Wir ziehen in Damer ein. Der Scheich führt uns in ein schönes, sehr hohes Haus. — Die Wüste zwischen Menaui und Damer, besonders wo wir lagerten, Buslem genannt, lieferte früher sehr schönes Durrah und wurde immer bebaut, aber seit der Einführung der Feddan-Steuer beschränken sich die Leute auf ihre Insel, wo die Ernte sicher ist. Es scheint, dass die Ernte manche Jahre schlecht geräth, doch ist kaum zu begreifen, dass 20 Prozent nicht *(7½ „)* herauskommen sollen. Jedenfalls stehen sich die regenbauenden Araber schlechter, besonders wenn die Verwaltung von ganz kleinen Ernten Steuer nimmt, wie es geschieht. Nur völlig kahles Feld ist frei u. s. w.

Aufenthalt in Damer, 24. bis 28. Februar.
Reise von Damer bis Chartum 1. bis 9. März 1862.

VII. Kurze Notizen über das Beni-Amer-Land und ein Itinerar durch dasselbe. Von Th. v. Heuglin[1]).

Die Bischarin führen heute noch (wie zu Makrisi's Zeit) Krieg zu Kameel, die Beni-Amer dagegen benutzen ihre zahlreichen Kameele nicht zum Reiten. Das Ghalf-Gift Makrisi's könnte von einem kleinen Strauch (?) genommen worden sein, der jetzt Kérbeh basal heisst.

„Eidab", alte Stadt, soll in der Nähe von Bahdur-Aqiq liegen.

Das Kostan- (d. i. Christen-) Land (Bogos u. s. w.) wird in Taka Senhit genannt. Etwa die Hälfte der Beni-Amer sprechen Chása (ob Háseh?) oder Tigraijet, eine Gös-Sprache, die wohl von der Massauaner nicht verschieden ist, die übrigen eine Bedja-Sprache; ihre herrschende Race sind die Nawdáb, Naudáb, die die Chasi als Unterthanen oder Sklaven betrachten.

Ein Basa-Stamm, der an das Land des Woad-Nimr grenzt, heisst Gommes, ein östlicherer Heqr oder Hedjer, 5 Tagereisen südöstlich von Kassalah. Sollte dieser Name in Verbindung stehen mit Hedjer, einer Stadt, die Makrisi erwähnt als Hauptstadt der Bedja? (Er schreibt das Wort وجح.)

Der grosse Schech der Beni-Amer heisst auf Bedjanieh „Wohadä", auf Chása „Teghlél", der der Habáb „Kandebai" oder „Kantiba". Die sonderbar geformte dreihörnige Mütze, die Auszeichnung des Wohadä oder Wohad-a, heisst „Omqerén". Der jetzige grosse Schech von Beni-Amer ist Schech Hamed, sein vorzüglicher Wohnsitz der Platz Daqá im Barkah-Thal.

Sie schreiben auf Ihrer Karte von Ost-Sudan „Djebel Orbay Langey". Das „Dj." ist wegzulassen, da Orba oder Urba dasselbe in der Bedja-Sprache bedeutet.

[1]) Herr v. Heuglin schreibt uns in einem Brief vom 8. Jan. 1863: „Die Nachrichten über die Beni-Amer, die ich erhalten, sind ziemlich scharf und genau. Ich bekam einen Theil durch den Binibaschi Saleh-Effendi, welcher das Land durchreist hat, andere durch zwei Hadendoa, deren Angaben mit denen des Ersteren mit Ausnahme geringer Differenzen in Distanzen u. s. w. klappten; auch die Lage der Wasserscheide muss, natürlich nicht im Detail, aber doch im Allgemeinen laufen, wie ich sie auf der beiliegenden Karten-Skizze angegeben habe. Ich bin begierig, ob Sie mein Stück an Munzinger's Karte anhängen können; ich war leider so ungeschickt, mir keine Kopie davon zu nehmen." Wir haben die Route des Saleh-Effendi mit einer besonderen Signatur auf der Karte angegeben, aber in einigen Punkten nach Munzinger's Angaben von Herrn v. Heuglin's Information abgehen müssen; so haben wir z. B. die Richtung der Route von Dj. Langho nach Maman, die Herr v. Heuglin auf seiner Karte ohne Grund N. zu O. angiebt, in O. verwandelt, da Maman nach Munzinger's persönlicher Angabe genau bestimmt ist. Die Schreibart ist genau beibehalten, obgleich sie von W. Munzinger's, die uns maassgebend für die Karte war, oft abweicht. H. H.

Itinerar durch das Land der Beni-Amer (بني عَ امِر).

Von Kassalah, كَسَلَه, nach Mitkenáb oder Meletkináb, متكناب — ملتكناب, N. zu O. 9 Stunden Marsch.

Von Mitkenáb nach Djebel Langho 10 bis 12 Stunden N. zu O. Langho ist ein unbedeutendes Gebirge, aber ziemlich hoch und steil; in seiner Mitte ist ein grösseres natürliches Wasserbecken.

Von Djebel Langho ungefähr gleiche Entfernung bis Mamán, مَمَان, dem Ausläufer einer von SO. kommenden Bergkette, in deren Mitte ein Chor nach NW. zu W. abfliesst, der in den Atbara münden soll. Auf den niedrigen Hügeln der Nordseite am Chor sind Ruinen alter Grabstätten und Kuppeln. Im Chor selbst sind zahlreiche Brunnen und hier sind nicht selten Hadendoa angesiedelt.

Von Mamán nach dem grossen Chor Rasái, راسي, der zum Atbara führt, 12 St. Hier viele Dumpalmen, der Chor mit Hügelland eingefasst, im Osten, aber forn hohes Gebirgsland.

Von Rasái N., wenig zu W., 13 St. bis zum beträchtlichen Wadi Ódi, اردي. Der Chor, nur mit niedrigem Gesträuch umgeben, enthält zahlreiche Brunnengruben. Geht man von Wadi Ódi 10 St. westlich, so gelangt man zum grossen Chor Anboré, انبوري, und 4 Stunden westlich davon zum Chor Ghadamáib, غدمايب. Der Anboré und der Ghadamáib sollen sich in südwestlicher Richtung bald vereinigen und zum Atbara fliessen. In beiden Thälern viele Dumpalmen.

Von Wadi Ódi 10 St. nördlich zum Chor Wadi Arghad, وادي ارغد, und dann 8 St. bis zum grossen Chor Langheb, لنغيب, der hier zwischen engen, hohen Felsen entspringt und ohne viele Biegungen und Wendungen ungefähr die Richtung nach Zokar nimmt. An mehreren Orten sind natürliche Wasserbehälter in den Felsen, allenthalben findet man schöne grüne Lagerplätze mit Dumpalmen. Nach 30-stündigem Marsch durch dieses Thal gelangt man an seine enge Mündnng in den Chor Barkah, برکه, den man noch 15 St. weit bis Tókar verfolgt. Die Brunnen von Tókar, توکر, heissen Salálet, سلالت; die im Distrikt wohnenden Eingebornen gehören zum Stamm Artégha, ارتيغا.

Die Strasse von Salálet nach Bahdúr, بيدور, führt auf wenige Meilen Entfernung (2 bis 4 St.) am Meeres-Ufer hin. Nach 9 Stunden gelangt man zum Chor Seibat, سيبه, der aus den Bergen östlich vom Barakah oder Barkah kommt; 10 weitere Stunden Marsch führen zu einem Chor, wahrscheinlich Chor Dolám der Karten, und von hier sind fast 12 St. Marsch zu einem kleinen Regenbett gegenüber der Insel Bahdúr. Der Chor Seibat enthält beständig fliessendes Wasser, das am frühen Morgen süss ist, bei grosser Tageshitze aber salzig wird.

6 Stunden SSO. von Bahdúr ist ein anderes Regenbett, theils mit stehendem süssen Wasser in den Felsen; es kommt aus W. vom Dj. Tába, einem langen, hohen Gebirgssug 10 St. im Inneren des Landes.

Von diesem Chor immer auf einige Stunden parallel dem Strand hingehend gelangt man nach 6 bis 7 St. zum Chor Ileladeh (wohl Ilet-zádeh). Hier wendet man sich mehr nach SW. zum Chor von Ebn-Ħáren, ابن حارن, der auch vom Djebel Tába herkommt und nach SO. fliesst. Ebn-Ħáren ist ein isolirter Fels. 5 St. SSO. ein ähnlicher Felsen, der Abat Naqarét (ob Aqeré Neqerán?) genannt wird, in einem Chor.

Von Ebn-Ħáren gelangt man in 2 kleinen Tagemärschen über das Gebirge (vielleicht in mehr südlicher Richtung als auf der beiliegenden Karte) nach Haschkob, einer meist menschenleeren Gebirgs-Landschaft. Alle die zahlreichen Regenbetten von hier führen nach dem Barkah.

Von Haschkob sind ungefähr 15 St. bis zur Landschaft Hasta, ebenfalls gebirgig mit grossem Chor, der in den Barkah mündet.

Von Hasta gelangt man in 2 kleinen Tagemärschen nach S. zn W. zum Ain Sabä; auf ³⁄₄ der Route gegen den Chor hin sind zahlreiche alte muhammedanische Grabstätten aus Stein.

Man folgt nun dem Ain Sabä, ungefähr nach Westen durch 2 starke Tagereisen (in seinem Bett ist nur zur Regenzeit fliessendes Wasser, das sich bestimmt in den Barkah ergiessen soll) und gelangt nach 2 weiteren grossen Tagereisen (wohl 3) nach S. zu W. oder SW. nach Daqá, دقا, der Hauptniederlassung der Beni-Amer am Barkah.

Ein östlicherer Weg führt von Daqá in 8 bis 9 St. zum grossen Chor Halagh Nuaï oder Nauaï, der von den Maria-Bergen nach dem Barkah fliesst. Von diesem Chor hat man noch 1 Tagemarsch in N. zu O. an das Gebirge und einen zweiten zum Ain-Sabä, einen dritten nach Hasta.

Von Halagh Nuaï führt eine ebene Strasse in 8 Tagemärschen theils durch enges Felsenthal nach Seibát; überall im Gebirge sind natürliche Wasserbehälter und schöne Weiden. Dieser Weg heisst Darb el Kéréb.

III. Theodor Kinzelbach's astronomische Beobachtungen von M'Kullu bis Chartúm.

Berechnet von Prof. Dr. *C. Bruhns*, Direktor der K. Sternwarte in Leipzig.

Leipzig, den 22. Juni 1862.

Zwei Sendungen Manuskripte mit Beobachtungen und Briefen vom 22. September und 17. Oktober 1861 gingen am 15. Dezember 1861 in Gotha ein und wurden mir zur Berechnung und Ableitung geographischer Längen und Breiten übersandt.

Die Beobachtungen gehen vom 26. Mai bis zum 26. Oktober, beziehen sich auf die Orte Ain Musa, Dschidda, Massua, M'Kullu und Kerén und umfassen 112 eng geschriebene Quartseiten.

Herr Kinzelbach stellte die Beobachtungen entweder mit Hülfe eines Gehülfen Namens Sprenger, der sich der Expedition in Sues angeschlossen hatte und zu den Beobachtungen die Zeit ablas, oder allein an. Die Instrumente waren:

ein Prismenkreis von 7,5 Centimeter Radius, mittelst Nonien 20 Sekunden angebend,

ein Spiegel-Sextant von 12,5 Centim. Radius, 20 Sekunden angebend,

ein Spiegel-Sextant von 10,5 Centim. Radius, 30 Sekunden angebend,

ein kleines Passagen-Instrument mit Höhen- und Azimuthalkreis;

ferner 3 Uhren und zwar:

1) ein goldenes Chronometer, welches bis zum 10. September ausschliesslich benutzt wurde, aber durch das nebelige Wetter und den feinen Staub so in Unordnung gerieth, dass es nicht mehr gehen wollte und erst in Chartúm wieder gereinigt werden konnte,

2) eine nach Sternzeit gehende Uhr, welche Ende September gebraucht wurde, aber auch bald in Unordnung gerieth, so dass sie stehen blieb und für die Beobachtungen nicht mehr brauchbar war, und

3) ein Half-Chronometer, eine Taschenuhr, welche von Ende September allein noch brauchbar blieb, deren Gang aber kein guter zu nennen ist.

An künstlichen Horizonten waren mehrere vorhanden, einer zu Quecksilber, einer zu Öl, einer mit Glasplatte; erstere konnten bei bewegter Luft nicht gebraucht werden, weil das vorhandene Glasdach, welches sie gegen den Wind schützen sollte, nicht gut war, letzterer wurde genau nivellirt, durch Erschütterungen und Wind blieb er aber selten bis zum Schlusse der Beobachtungen genau horizontal.

Die Beobachtungen, welche angestellt sind, bestehen in Sonnenhöhen, und zwar in einzelnen Sonnenhöhen, in Circum-Meridianhöhen, in korrespondirenden Sonnenhöhen, in Sternhöhen und Durchgängen von Sternen durch die Fäden des möglichst nahe im Meridian aufgestellten Passagen-Instrumentes, in Mond-Distanzen und Mond-Kulminationen nebst den Kulminationen der sogenannten Mond-Sterne und in einigen magnetischen und meteorologischen Beobachtungen.

In Ain Musa wurden am 26., 28. und 29. Mai Höhen der Sonne und einiger Sterne beobachtet;

in Dschidda hinter den alten Kasernen in der Nähe der Douane wurden am 8., 9. und 10. Juni korrespondirende Sonnenhöhen gemessen;

in Massua wurden am 18., 19., 29. Juni und 6. Juli korrespondirende und einfache Sonnenhöhen und die Höhe des Polar-Sterns beobachtet;

in der Villa Degoutin sind am 7., 8., 9., 10. u. 11. Juli korrespondirende und einfache Sonnenhöhen gemessen;

in M'Kullu wurde am 12. Juli die Höhe der Sonne beobachtet;

in Kerén wurden vom 23. Juli bis zum 26. Oktober Beobachtungen gemacht, meistens korrespondirende und einfache Sonnenhöhen, fast immer mit dem Prismenkreise; mit dem Passagen-Instrument wurden Stern-Kulminationen beobachtet, auch Sternhöhen in der Nähe des Meridians und Kulminationen der Mond-Sterne und des Mondes wurden am 13., 15., 16., 17. September, 12., 13., 14. und 15. Oktober beobachtet. Mit dem Sextanten II wurden am 12., 15., 26., 28. August, 10., 11., 12., 13., 14., 24., 26., 27. September und 9., 10., 13. und 14. Oktober Mond-Distanzen gemessen. Am 27. August wurde mit einer Boussole die Abweichung der Magnetnadel bestimmt.

Aus den korrespondirenden Sonnenhöhen kann man die Zeit und die Breite des Ortes ableiten, aus den einzelnen Sonnenhöhen entweder die Zeit, wenn man die Breite kennt, oder umgekehrt die Breite, wenn man die Zeit kennt; die Zeit leitet man gewöhnlich ab, wenn die Sonne entweder nahe nach Osten oder nach Westen, in der Nähe des ersten Vertikals, steht, die Breite, wenn die Sonne in der Nähe des Meridians oder nach Süden hin beobachtet ist, und die Circum-Meridianhöhen geben gute Breitenbestimmungen. Eben so können die Stern-Kulminationen Zeit- und Breitenbestimmungen liefern, wenn ausser der Zeitangabe der Durchgänge noch der Höhenkreis am Passagen-Instrument abgelesen ist.

Die Länge lässt sich ermitteln, sobald man den Gang der Chronometer kennt und dieser Gang ein so regelmässiger ist, dass man sich längere Zeit darauf verlassen kann; die Differenz der Ortszeit und der Chronometerzeit, wenn diese sich auf die Zeit irgend eines bekannten Ortes reduciren lässt, würde die Längendifferenz geben. Selten genügen aber die Chronometer den an sie gestellten Bedingungen und Mond-Distanzen sind bei Prismenkreisen und Sextanten die einzigen Mittel, um die Länge zu ermitteln; Mondstern- und Mond-Kulminationen mit einem Passagen-Instrument geben die Länge meistens viel genauer als die Mond-Distanzen. Andere Phänomene am Himmel zu beobachten, z. B. Sternbedeckungen, Finsternisse, erfordert schon ein grösseres Fernrohr, und nicht zu oft kann man diese Phänomene beobachten, die Bestimmung der Länge aus ihnen ist aber eine viel genauere als die Mond-Distanzen und Mond-Kulminationen.

Herr Kinzelbach hat bei seinen Beobachtungen mit grossen Schwierigkeiten zu kämpfen gehabt; die grosse Hitze in der Sandwüste, der hohe Stand der Sonne haben die Beobachtungen sehr erschwert; die Unzuverlässigkeit der Chronometer, welche, wie schon erwähnt, ganz stehen blieben, wiesen ihn auf eine Taschenuhr an, deren Gang nur ein mittelmässiger zu nennen ist; dazu kommt noch, dass der Beobachter sich erst mit den Beobachtungen vertraut machen musste, und ein grosser Theil der so sehr zahlreichen Beobachtungen ist, wie in den Briefen selbst gesagt wird, mehr als Studium zu betrachten, um in der Behandlung, besonders in der des Passagen-Instrumentes, Übung zu erhalten. Einige Mal ist der Beobachter auch durch Unwohlsein und Krankheit gehindert worden; das Beobachten der so hoch stehenden Sonne, oft in der grössten Hitze, hat ihn einige Mal so angegriffen, dass er längere Zeit zur Wiederherstellung nöthig gehabt hat. Gehen wir auf die verschiedenen Arten der Beobachtungen über und sehen, welche Genauigkeit sie haben können, so finden wir, dass die korrespondirenden Höhen den Mittag und damit die Zeit recht genau angeben; die Resultate stimmen unter einander bis auf eine Zeit-Sekunde genau überein und der Fehler der Zeit ist ein sehr geringer. Die aus einer Reihe an Einem Tage angestellter Beobachtungen abgeleiteten Breiten harmoniren unter einander immer sehr gut, es kommen selten Differenzen bis zu einer Bogen-Minute vor, nichts desto weniger weichen die Breiten der verschiedenen Tage um ein Beträchtliches von einander ab, was man nur dem vielleicht nicht immer ganz horizontalen künstlichen Horizonte oder der Einstellung der nicht immer ganz scharfen Ränder der Sonne zuschreiben kann. Auf See rechnet man gewöhnlich die Genauigkeit einer mit dem Sextanten ermittelten Breite auf 1 bis 2

Minuten, die von Herrn Kinzelbach unter sehr ungünstigen Umständen angestellten einzelnen Breitenbestimmungen scheinen eine grössere Genauigkeit zu haben.

Die Längenbestimmungen gehören zu den schwierigsten Beobachtungen, und da die Uhren, welche Herr Kinzelbach hatte, eine Zeitübertragung nicht zuliessen, sind die Mond-Distanzen und Mond-Kulminationen die einzigen Daten, aus welchen sich die Länge ableiten lässt. In Ain Musa, Dschidda, Massua sind keine solche Beobachtungen angestellt und die Längen dieser Orte muss man nach den früheren Angaben annehmen, dagegen die Länge von Kerén konnte von Neuem abgeleitet werden.

Da der Sextant, mit welchem die Mond-Distanzen gemessen wurden, nur 30 Sekunden angiebt, so ist ein Fehler von dieser Grösse sehr leicht möglich, aber ein solcher Fehler macht die Länge um mehr als 1 Zeit-Minute oder ¼ Grad falsch; unter den berechneten Mond-Distanzen kommen solche Fehler und noch beträchtlich grössere vor, was aber mit der grossen Schwierigkeit, mit der diese Beobachtungen nur anzustellen sind, und mit der geringen Übung des Beobachters leicht entschuldigt werden kann. Die Mond-Kulminationen stimmen unter einander viel besser und es ist nicht schwer, den Durchgang der Sterne und des Mondes selbst mit einem kleinen Instrumente bis auf 1 Zeit-Sekunde sicher zu beobachten; 1 Zeit-Sekunde Fehler in der Differenz der Durchgänge der Sterne und des Mondes macht freilich etwa 30 Zeit-Sekunden oder ½ Zeit-Minute (¼ Grad) in der Länge Fehler aus, doch ist dieser Fehler viel geringer, als er bei den Mond-Distanzen vorkommen kann. Sternbedeckungen zu beobachten, hat Herr Kinzelbach mehrmals versucht, das Fernrohr, welches er mit sich hatte, war aber zu diesen Beobachtungen nicht lichtstark genug, sonst wären solche Beobachtungen zur Ermittelung der Länge sowohl den Mond-Distanzen als auch den Mond-Kulminationen weit vorzuziehen.

Stellen wir jetzt die erhaltenen Resultate zusammen, so findet sich:

Die Breite von Dschidda aus den Beobachtungen vom 8. Juni 21° 29,2'. Die Länge ist nach Heuglin's Herleitung aus Moresby's Karten zu 2h 37m 20s östlich von Greenwich anzunehmen.

Die Breite von Massua folgt aus Beobachtungen vom 18. Juni zu 15° 36,7'

	19. „	38,4
	29. „	36,0
	6. Juli	38,2

Im Mittel die Breite von Massua 15° 37,2'

Die Länge ist nach dem Navy Register 2h 38m 45s östlich von Greenwich.

Die Breite der Villa Degoutin, welche nach terrestrischen Messungen 0,6' nördlicher als Massua liegen soll, folgt aus den Beobachtungen

vom 7. Juli {	15°	38,4'
		38,1
8. „		37,0
9. „		38,0
10. „		36,0
11. „		38,8

Im Mittel die Breite von Degoutin 15° 37,7'

Die Breite von M'Kullu folgt aus Beobachtungen vom 12. Juli zu 15° 38,2'. Die Länge ist anzunehmen zu 2h 38m 34s.

Die Breite von Kerén, abgeleitet theils aus korrespondirenden Sonnenhöhen, theils aus einzelnen Sonnenhöhen, theils aus Circum-Meridianhöhen, theils aus Höhen des Polar-Sterns folgt aus den Beobachtungen vom

Datum	Breite		Datum	Breite
23. Juli	15° 45,9'		18. Sept.	15° 46,2 / 45,9
24. „	46,9		19. „	46,6 / 43,2
26. „	46,5		20. „	46,0 / 44,4
27. „	45,5		21. „	46,7
28. „	48,2		22. „	46,8
30. „	49,1		23. „	46,0 / 48,1
1. August	45,3		24. „	46,4 / 45,6
2. „	43,5		25. „	47,7 / 46,8
4. „	44,0		26. „	47,5 / 46,1
5.*) „	42,9		27. „	46,6 / 46,7
22. „	50,0		28. „	46,0 / 46,8
24. „	50,6		30. „	45,2
25. „	49,2		1. Oktober	44,7 / 46,6
27. „	47,0		2. „	45,4 / 46,3
28. „	47,7		3. „	47,9
29. „	47,6		4. „	46,2
30. „	47,4		8. „	44,4 / 45,2
31. „	47,0		9. „	45,3
2. September	46,9		10. „	46,1
3. „	51,6		11. „	45,4
4. „	45,7		13. „	44,1
5. „	42,9		14. „	45,9 / 46,4
6. „	46,8		15. „	45,1
7. „	44,9		24. „	45,8
8. „	46,0		25. „	45,3
9. „	45,9 / 45,2		26. „	45,3
11. „	41,8 / 44,9			
12. „	46,1 / 45,1			
13. „	45,6			
14. „	44,5 / 45,4			
15. „	45,8 / 45,1			
16. „	46,0 / 45,7			
17. „	46,0 / 46,4			

Das Mittel aus diesen 79 Breiten giebt die Breite von Kerén zu
15° 46,1'

Für die Länge geben die Mond-Distanzen:

15. August	2h 33m 57s	
	33	27
26. „	36	38
	36	26
27. „	30	17
	29	21
	32	52
10. September	34	25
13. „	37	28
	36	7
13. Oktober	31	41
	32	24
Im Mittel	2h 33m 45s	

Die Mond-Kulminationen²) geben

15. September	2h 33m 47s	
16. „	34	29
14. Oktober	34	21
15. „	34	49
Im Mittel	2h 34m 21s,	

so dass im Mittel die Länge von Kerén zu 2h 34m 3s östlich von Greenwich anzunehmen ist.

---

*) Die Beobachtungen der korrespondirenden Höhen vom 6. bis 21. Aug. sind zu Breitenbestimmungen nicht brauchbar, weil die Sonne dem Zenith zu nahe kulminirte und ihr scheinbarer täglicher Lauf zu sehr in der Nähe des ersten Vertikals war.

²) Die Mond-Kulminationen vom 12. und 13. Oktober geben 2h 31m 57s, 2h 36m 22s, sie sind ausgeschlossen, weil der Beobachter bemerkt, dass sie nicht gut sind.

Die Abweichung der Magnetnadel in Kerén folgt aus den Beobachtungen vom 27. August: 6° 15 Min. westlich, wobei das Azimuth des Polarsterns aus den Beobachtungen abgeleitet ist. Für die Höhe von Kerén fand Herr Kinzelbach aus den hypsometrischen Beobachtungen 4470 Fuss und die Regenmenge vom 23. Juli bis 22. September 1861 betrug 463,5 Millimeter.
C. Bruhns.

Leipzig, den 1. Februar 1863.

Aus den weiteren Beobachtungen des Herrn Kinzelbach theile ich Ihnen die Resultate, welche abzuleiten waren, mit. Es sind meistens Breitenbestimmungen, welche aus den mit dem schon erwähnten Prismenkreise angestellten Beobachtungen der Sonne, entweder aus Circum-Meridianhöhen oder aus korrespondirenden Höhen, abgeleitet werden konnten. Da meistens ungemein viele Beobachtungen angestellt sind und diese gut unter einander harmoniren, so sind die Breiten ziemlich sicher und wird selten ein Ort in der Breite bis auf 1' oder ¼ Meile unsicher sein. Die Längenbestimmungen sind grösstentheils aus Mond-Distanzen, welche mit dem Sextanten beobachtet wurden, abgeleitet. Die an und für sich schwierigen Beobachtungen sind grösstentheils unter so ungünstigen Verhältnissen und Umständen gemacht, dass von den abgeleiteten Resultaten nur wenige grosses Vertrauen verdienen. Sehr sicher ist die Längenbestimmung von Mai-Scheka, sie ist abgeleitet aus den Beobachtungen des Merkur-Durchganges und die einzelnen Beobachtungen geben bis auf wenige Zeit-Sekunden übereinstimmende Resultate.

Aus den korrespondirenden und Circum-Meridianhöhen der Sonne am 3. November 1861 ergiebt sich die Breite von Tsazega zu 15° 23,8'.

Aus gleichen Beobachtungen am 8. Nov. folgt die Breite von Godofelassie zu 14° 52,4'.

Viele korrespondirende Höhen und Circum-Meridianhöhen geben

Mai-Scheka die Breite 12. Nov.	14°	38,1'
13. „	14	38,0
15. „	14	37,2
16. „	14	38,2
also im Mittel	14°	37,9'

Die Länge aus dem Merkur-Durchgang am 12 Nov. ist 2h 35m 5s = 38° 46,2' östlich von Greenwich.

Einzelne Mond-Distanzen geben

11. November	2h 37m	15s
14. „	32	2
	42	24
im Mittel	2h 37m	14s

Doch ist schon erwähnt, dass die aus dem Merkur-Durchgang abgeleitete hier vorzuziehen ist.

Beobachtungen

v. 17. Nov. geben die Breite von	Mai-Zabri	zu	14°	34,0
19. „ „ „ „ „	Mai-Mené	„	14	32,8
22. „ „ „ „ „	Az-Nebrid	„	14	24,4
24. „ „ „ „ „ „	„	14	24,0
25. „ „ „ „ „ „	„	14	23,4
im Mittel Az-Nebrid in Adiabo			14°	23,9'

Aus 2 Mond-Distanzen folgt die Länge 2h 33m 56s
und 2 34 53

die Länge im Mittel 2h 34m 24s = 38° 36,0' östlich von Greenwich.

Aus den Beobachtungen des Sirius am 29. November 1861 folgt die Breite von Masebu zu 14° 49,3'.

Obwohl Distanzen zwischen Mond und Jupiter gemessen sind, geben diese doch ein zu wenig harmonirendes Resultat für die Länge.

Die Breite von Mai-Daro findet sich zu 14° 54,0' aus Circum-Meridianhöhen und korrespondirenden Höhen vom 30. Nov. und recht gut aus den verschiedenen Beobachtungen übereinstimmend.

Die Breite von Tender ist 15° 9,4', aus vielen Beobachtungen vom 2. und 3. Dezember abgeleitet.

Die Breite von Mogelo findet sich zu 15° 16,1' aus zahlreichen guten Beobachtungen vom 4., 5., 6., 7. Dezember.

Die Länge von Mogelo folgt aus Mond-Distanzen zwischen Mond und

dem Sterne Fomahand	4. Deabr.	2h 20m 22s	östlich von Greenwich
Mond und Fomahand	5. „	2 30 34	„ „ „
Mond und Aldebaran	6. „	2 30 29	„ „ „
Mond und Sonne	7. „	2 30 32	„ „ „

Es scheint, als wenn am 4. Dezember ein Versehen vorgefallen wäre, die Länge aus den 3 übrigen Tagen giebt im Mittel

Mogelo 2h 30m 32s östlich von Greenwich.

Die Breite von Algedén findet sich aus zahlreichen Beobachtungen von Circum-Meridianhöhen und korrespondirenden Höhen:

11. Dezember	15° 26,9'
12. „	26,8
13. „	27,5
Mittel	15° 27,07'

Die Länge aus Mond-Distanzen folgt am 11. Deabr. aus Mond und Venus, Mond und Aldebaran, Mond und Pollux so verschieden (ein Mal z. B. 2h 0m 5s, das andere Mal 2h 20m 3s) und eben so am 12. Dezember aus Mond-Distanzen zwischen Sonne und Mond (2h 28m 48s), zwischen Sonne und Pollux (2h 15m 38s), dass die Resultate nicht zu gebrauchen sind, und bei den grossen Schwierigkeiten, welche vorhanden waren, ist es nicht zu verwundern, dass die nicht so leichten Beobachtungen der Mond-Distanzen fehlerhaft ausgefallen sind.

Aus Beobachtungen vom 11., 12., 13., 14. Januar, 3. und 4. Febr. 1862 folgt die Breite von Kassala:

11. Januar	15° 27,7'
12. „	26,4
13. „	26,9
14. „	26,2
3. Februar	27,4
4. „	26,8
im Mittel	15° 26,92'

Die Länge von Kassala folgt aus Beobachtungen des Mondes und der Mond-Kulminations-Sterne zu 2h 25m 12s östlich von Greenwich, doch ist das Instrument in einem ziemlich unbrauchbaren Zustande gewesen und die Aufstellung lässt auch viel zu wünschen übrig, so dass das Resultat wenig Vertrauen verdient. Mond-Distanzen geben auch ein ungenügendes Resultat.

Aus Beobachtungen vom 14. und 15. Februar und zwar aus Circum-Meridian- und korrespondirenden Höhen folgt die Breite von

Gos Redjeb	14. Februar	16° 3,0'
	15. „	2,3
Mittel		16° 2,65'

Gos Redjeb liegt 26½ Stunden Lastkameeltritt von Kassala, die aus Mond-Distanzen abgeleitete Länge stimmt nicht mit dieser Angabe überein.

Aus Beobachtungen vom 24. und 25. Februar folgt die Breite von El-Damer zu 17° 34,1' und 17° 34,2', also im Mittel 17° 34,15'.

Von Chartúm liegen Beobachtungen vom 17. bis zum 22. März vor; es findet sich

die Breite	17. März	15° 37,1'
	18. „	37,1
	19. „	36,2
	20. „	36,2
	21. „	36,3
	Mittel	15° 36,6'

Bei den Mond-Distanzen ist entweder in den Zeit-Angaben oder in den Distanzen zwischen Mond und Jupiter am 19. und 20. März ein Fehler, die übrigen Mond-Distanzen geben die Länge

17. März aus Distanz zwischen Mond u. Jupiter	2h 11m 1s	östl. von Greenwich
18. „ „ „ „ „	11 3	„ „ „
19. „ „ „ „ Sonne	9 49	„ „ „
21. „ „ „ „ „	16 0	„ „ „

Die letzten Beobachtungen sind unter ungünstigen Verhältnissen angestellt und das Mittel aus 17., 18., 19. März giebt die Länge von Chartúm an 2h 10m 38s östlich von Greenwich.

Aus der Übereinstimmung der Resultate sieht man, dass die Breitenbestimmungen alle recht gut und so zuverlässig sind, als es für Punkte in Afrika nöthig ist, dagegen die schwierigen Längenbestimmungen aus Mond-Distanzen sind wegen Fehler der Instrumente, wegen des schlechten Ganges der Uhren nicht so zuverlässig, und wenn man die vielen Bemerkungen des Beobachters über die Ungunst, von der die Beobachtungen begleitet gewesen sind, nachsieht, so wird man diess erklärlich finden.

Zusammenstellung der Resultate.

Ort	Breite	Länge (östl.)	Ö. L. v. Gr.
Dschidda	21° 29,8' N. Br.		
Massua	15 37,3		
Villa Degoutin bei Massua	15 37,7		
M'Kullu b. Massua	15 38,3		
Keren	15 46,1	2h 34m 3s	= 38°30'45" Ö.L.v.Gr.
Tsazega	15 23,5		
Godofelassie	14 52,4		
Mai-Sebeka	14 37,9	2 35 5	= 38 46 15
Mai-Zabri	14 34,0		
Mai-Mené	14 32,8		
Az-Nebrid i. Adiabo	14 23,9	2 34 24	= 38 36
Masebu	14 49,8		
Mai-Daro	14 54,0		
Tender	15 9,4		
Mogelo	15 16,1	2 30 32	= 37 38
Algedén	15 27,07		
Kassala	15 26,92	2 25 12	= 36 18
Gos Redjeb	16 2,65		
El-Damer	17 34,15		
Chartúm	15 36,6	2 10 38	= 32 39 30

C. Bruhns.

IV. Th. Kinzelbach's meteorologische und hypsometrische Beobachtungen in Ost-Afrika.

Abgeleitet durch Dr. *K. Kreil*, Direktor der K. K. Central-Anstalt für Meteorologie und Erdmagnetismus in Wien [1]).

Bei den mit so dankenswerther Sorgfalt angestellten meteorologischen Beobachtungen des Herrn Kinzelbach handelt es sich, wie bei allen Reisebeobachtungen, zunächst darum, aus den Beobachtungen selbst den Zustand der Instrumente zu erkennen, mit denen sie ausgeführt sind. Vor Allem gilt diess vom Barometer, das durch jeden Transport so leicht eine Beschädigung erleidet. Aus diesem Grunde wurden die Barometer-Beobachtungen des Herrn Kinzelbach mit jenen der Station Kairo verglichen, in welcher die Seehöhe des Instruments zu 15 Toisen angenommen ist.

Ain Musa. — Die erste Beobachtung am 26. Mai 1861 in Ain Musa am Ufer des Rothen Meeres, zur Zeit der Ebbe 2 Fuss über dessen Niveau, gab den auf 0° reducirten Luftdruck = 757,5 Millimeter, um 0,7 Millimeter höher als gleichzeitig in Kairo. Es würde daraus eine Seehöhe des Beobachtungsortes von 10 Toisen folgen, welcher Fehler wahrscheinlich in den an beiden Beobachtungs-Stationen verschiedenen atmosphärischen Zuständen seinen Grund hat, wie diess bei vereinzelten Höhenbestimmungen häufig der Fall ist, und daher auf einen Fehler im Instrumente, um den es sich zunächst handelt, noch nicht schliessen lässt.

Entscheidender sind in dieser Beziehung die Beobachtungen vom 26. bis 30. Mai, welche im Degoutin'schen Hause bei Ain Musa, 20 Schritt von der Quelle Degoutin, in einer Entfernung von ungefähr ³/₄ Engl. Meilen vom Meeresufer und bei 8 bis 9 Toisen Seehöhe angestellt worden sind, wenn gleich in den beiden Tagen (am 27. und 28.) barometrische Störungen eintraten, welche ihren Grund in dem Umsetzen des Windes in Kairo von SSW. bei hoher Temperatur in NW. mit kühlerer Temperatur hatten.

Die Ablesungen am Barometer würden wohl auch hier wieder eine zu grosse Seehöhe geben, denn es ist das Mittel 757,69 Millimeter, während in Kairo 758,09 Millim. gefunden wurde, so dass der Beobachtungsort um 3 Toisen höher als Kairo liegen würde. Allein es wurde beiderseits auch der Dunstdruck beobachtet, in welchem eine sehr bedeutende Differenz ersichtlich ist. Es ergab sich nämlich der Dunstdruck in Ain Musa zu 10,27, in Kairo zu 12,43 Millimeter im Mittel aus allen Beobachtungen, in welchen sich aber die oben erwähnten Störungen ebenfalls sehr deutlich herausstellten. Scheidet man die dadurch beein-

flussten Beobachtungen in beiden Elementen aus, so hat man

	in Kairo	in Ain Musa
Luftdruck . . .	757,80 Millim.,	757,58 Millim.,
Dunstdruck . .	11,65 „	10,45 „
korrig. Luftdruck	746,15 „	747,13 „

so dass der korrigirte Luftdruck in Kairo um 0,98 Millim. kleiner ist als in Ain Musa, woraus unter Annahme der Lufttemperatur von 26,2° C. in Kairo und 25,6° in Ain Musa ein Höhenunterschied von 6 Toisen erfolgen würde, der mit den anderen Messungen übereinstimmt und den Beweis liefert, dass das benutzte Instrument in gutem Zustande war.

In Betreff des täglichen Ganges zeigen die erwähnten Beobachtungen zwischen 2 Uhr Nachmittags und 7 Uhr Morgens folgende Änderungen:

Luftdruck . .	1,8 Millim.	um 7 Uhr	höher,
Temperatur .	6,2° Cels.	„ „	tiefer,
Dunstdruck .	2,8 Millim.	„ „	grösser.

Die relative Luftfeuchtigkeit war um 7 Uhr 52,3, um 2 Uhr 29,9 Prozent. Somit gehen die Änderungen in jenen Gegenden in demselben Sinne vor sich wie in unseren Breiten, nur sind jene des Luftdruckes der kräftigeren Sonnenwirkung wegen stärker als bei uns, denn hier beträgt die Änderung im Mai zwischen den genannten Stunden

für den Luftdruck .	0,82 Millimeter,	
„ die Temperatur	6,5°,	
„ den Dunstdruck	0,1 Millimeter,	
„ die Feuchtigkeit	24,0 Proz.,	sie ist nämlich um 7^h = 72,4, um 2^h = 48,4 Prozent.

Wenn die Temperatur-Änderung an beiden so entlegenen Stationen gleich ist, so rührt diess ohne Zweifel von der Nähe des Rothen Meeres her, das, wie jede grosse Wasserfläche, die Extreme näher rückt.

Die geringe Änderung des Dunstdruckes in Wien zwischen den genannten Stunden hat ihren Grund in einer doppelten Wendung, die in unseren Breiten in den Sommermonaten eintritt und von welcher die beiden Maxima nahezu auf die erwähnten beiden Stunden fallen. Die Änderungen der relativen Feuchtigkeit scheinen dort auch nicht grösser als bei uns zu sein, was ebenfalls von der Nähe des Meeres herrühren kann, jedoch ist die Feuchtigkeit der Luft dort zu beiden Stunden um 20 Prozent geringer als bei uns.

Die Beobachtungen über Luftdruck auf der Seefahrt von Ain Musa bis Massua vom 3. bis 17. Juni wurden mit dem Schiffs- und Metallbarometer angestellt und können dazu dienen, den täglichen Gang zu zeigen, wenigstens für jene Stunden, die sie umfassen. Nach denselben ist der Luftdruck am höchsten ungefähr um 6 Uhr Morgens, nimmt bis

---

[1]) Diese Ergebnisse wurden grösstentheils von Herrn Rath, Assistenten an der Meteorologischen Central-Anstalt in Wien, abgeleitet.

6 Uhr Abends ab, so dass er zu dieser Stunde durchschnittlich um 2,2 Millimeter kleiner ist als im Maximum, und fängt dann wieder an zu steigen. Wie lange die Zunahme dauert und ob während der Nacht auch eine Wendung eintrete, kann aus Mangel an Beobachtungen zu diesen Stunden nicht entschieden werden.

Die Temperatur der Luft, welche im Mittel aus allen um 7 Uhr Morgens, 2 und 9 Uhr Abends angestellten Beobachtungen 29,9° C. betrug, wächst bis Mittag, wo sie die Höhe von 31,5° erreicht und um 2,1° grösser ist als um 7 Uhr Morgens. Um 2 Uhr ist sie schon um 0,6° kleiner, um 9 Uhr Abends war das Mittel 29,74° C.

Das Psychrometer wurde auf der Fahrt bis Massua nur vier Mal abgelesen, nämlich am 4. Juni um 5 Uhr 30 Min. Abends, am 6. um Mittag und um 2 Uhr Nachmittags, und am 7. um 6 Uhr Abends. Die Beobachtungen liefern nach der Ordnung folgende Resultate:

Am 4. . . . . Dunstdruck 10,67 Millim., Feuchtigkeit 77,1 Proz.,
" 6. Mittags " 11,09 " " 74,1 "
" 6. 2ʰ . . " 11,09 " " 74,1 "
" 7. . . . " 10,45 " " 65,3 "

Die Richtung des schwachen Windes war durchgehends von N. und NW., nur in der Nacht vom 14. zum 15. wurde ziemlich starker West verzeichnet.

Die Meeres-Temperatur wurde während der Seefahrt mehrmals bestimmt. Am 7. Juni um 6 Uhr Morgens war sie am Schiffsrande 22,5° R., am 8. 1¼ Engl. Meilen vom Ufer 22,75°, um 4 Uhr Nachmittags 26°, am 9. um 7 Uhr Morgens 23°, um 5 Uhr Nachm. ½ Engl. Meile vom Ufer bei 6 bis 8 Fuss Tiefe 24°, um 6 Uhr bei 1½ Fuss Tiefe 21°, am 12. um 4 Uhr 45 Min. 26°, am 16. um 1 Uhr Nachm. 25,25°.

Massua. — Die Beobachtungen wurden am 18., 19., 26., 28., 29. Juni angestellt an einem Orte, der 6 Fuss über dem Ebbe-Niveau lag. Die Barometer-Ablesungen, sieben an der Zahl, gaben den Luftdruck zu 752,1 Millimeter an, welcher mit dem gleichzeitigen in Kairo bis auf ½ Millim. übereinstimmt, wenn man den Unterschied des Dunstdruckes berücksichtigt, der in Kairo 4,8 Millim. grösser ist als in Massua. Das Barometer scheint also durch die Seefahrt nicht gelitten zu haben.

Auch bei den übrigen Elementen war die gleiche Anzahl der Ablesungen. Sie gaben das Mittel der Lufttemperatur zu 34,8° C., jenes des Dunstdruckes zu 10,3 Millim., die Luftfeuchtigkeit zu 57,5 Millim. bei schwachen Nordostwinden und theilweis bewölktem Himmel.

M'Kullu. — Hier wurden vom 1. bis 12. Juli 52 Ablesungen ausgeführt und gaben

das Mittel des Luftdruckes zu 750,75 Millim.,
" " der Temperatur " 36,04° Cels.,
" " des Dunstdruckes " 8,49 Millim.,
" " der Feuchtigkeit " 46,9 Proz.

Die grösste Wärme wurde beobachtet am 12. Juli Mittags = 41,75°, die kleinste am 7. um 6 Uhr Morgens = 30,0°, der grösste Dunstdruck am 5. um 6 Uhr Morgens = 11,62 Millim., der kleinste am 1. um Mittag = 5,46 Millim., die grösste Feuchtigkeit am 7. um 6 Uhr Morgens = 79,2 Proz., die kleinste am 1. um Mittag = 24,8 Prozent.

Nach einer Mittheilung des Englischen Konsuls an Herrn Kinzelbach dürfte der Mittelwerth sorgfältiger zehnjähriger Temperatur-Beobachtungen, die dort angestellt worden sind, 35,0° C. sein. Die Änderung bewegte sich zwischen den Grenzen 40,6° und 18,8°, nur ein einziges Mal war sie im Schatten 43,5° C.

Für den täglichen Gang des Luftdruckes und der Temperatur können folgende Zahlen dienen:

	Luftdruck.		Temperatur.	
um 6 Uhr Morgens =	751,3 Millim.,	5 Beob.	31,8° C.,	5 Beob.
" 8 " " =	751,5 "	9 "	33,6° "	9 "
" Mittag . . " =	750,8 "	6 "	38,5° "	6 "
" 2 Uhr Abends " =	749,8 "	8 "	38,2° "	8 "
" 4 " " =	750,3 "	4 "	37,4° "	3 "
" 6 " " =	750,1 "	2 "	36,1° "	2 "
" 9 " " =	751,4 "	5 "	33,8° "	5 "

Wegen der grossen Entfernung der Station von Kairo und der regelmässigen Änderungen des Luftdruckes in jenen Breiten schien es eben so sicher, die Höhe des Ortes aus der Vergleichung des Luftdruckes mit jenem in Massua, von dem er nur ungefähr 3 Seemeilen entfernt ist, unter der Voraussetzung zu bestimmen, dass in den ersten Tagen des Aufenthaltes in M'Kullu eine bedeutende Änderung desselben nicht vorgegangen sei. Es wurden daher die Beobachtungen vom 1. bis 4. Juli gewählt, welche das Mittel des Luftdruckes = 749,9 Millim. und jenes der Temperatur = 36,46° gaben, welche Zahlen mit den früher für Massua gegebenen die Höhendifferenz von 13,8 Toisen, also die Seehöhe von 14,8 Toisen geben, da in Massua die Beobachtungen 1 Toise über der See ausgeführt worden sind.

Die Luftströmung war in M'Kullu stets sehr schwach, häufig trat völlige Windstille ein. Sie hielt meistens die Richtung Nord, nur am 7. Nachmittags drehte sich der Wind über NW. und W. nach Süd, war aber am 9. um Mittag wieder Nord, wo er auch bis zu Ende des Aufenthaltes blieb.

Der Himmel war mehr trübe als heiter, denn es war kein ganz heiterer Tag; mehr heiter als trübe waren der 3., 4., 11. und 12. Juli, halb heiter der 2., alle übrigen waren mehr oder ganz trübe. Von Regen fielen nur einige Tropfen am 1. Juli um 9 Uhr Abends. Die Temperatur des Sandes war am 4. um 2 Uhr Nachmittags in der Sonne 52,5° C. Eine Quelle zeigte an demselben Tage 34,4° C., an drei anderen Tagen (den 5., 6. und 7.) jedes Mal 35,0° C.

In den folgenden Tagen während der Reise von Massua nach Kerén wurde um 2 Uhr Nachmittags das Thermometer abgelesen. Es zeigte am 14. Juli in Amba 37,5° C. bei sehr schwachem West und heiterem Himmel,

„ 15. „ „ Mai-Auálid 37,5° C. bei sehr schwachem West und heiterem Himmel,

„ 16. „ „ Ain 35,6° C. (Wind und Wetter nicht angegeben),

„ 17. „ „ Molakat-Schörbe 35,6° C. bei stärkerem West und halb heiterem Himmel,

„ 18. „ „ Mohäber Qelámet 33,1° C. bei sehr schwachem Süd und ziemlich heiterem Himmel,

„ 19. „ „ Coqai 27,5° C. bei sehr schwachem Süd und halb heiterem Himmel. Abends fiel starker Regen.

„ 20. „ „ Gabena Anseba 20,3° C. um 6 Uhr 30 Min. Abends, gleichzeitig der Barometerstand 657,6 Millim., Hypsometer I 96,14° C. Nach 2 Uhr bis 4 Uhr starker Regen.
Die beiden Strombetten Anseba und Darí, um 2 Uhr noch trocken, füllten sich schnell mit Wasser bis 4 Fuss Tiefe. Die Geschwindigkeit des Wassers war in 9 Sekunden 120 Fuss.

„ 21. „ „ Mohäber Darí um 2 Uhr Abends Temperatur 22,5° C. Schwacher Süd, grösstentheils bedeckt. Von 4 Uhr bis 6 Uhr heftiger Regen.

Das Barometer und feuchte Thermometer wurden während dieser Reise nicht abgelesen.

Kerén. — Die Beobachtungen in Kerén reichen vom 23. Juli bis 15. Oktober und wurden ohne bedeutende Unterbrechung, sehr oft vier bis fünf Mal des Tages, angestellt.

Aus Herrn Kinzelbach's astronomischen Beobachtungen geht hervor die Länge von Kerén zu 38° 31' östl. von Greenwich, die Breite zu 15° 46' N.

In Betreff der Aufstellung der Instrumente schreibt er unterm 22. Septbr. 1861 aus Kerén: „Barometer, Aneroid und Thermometer T" hänge ich zu den betreffenden Zeiten an einem Pfosten ausserhalb unserer Hütte in einem Halbschatten auf; die Lufttemperatur um 2 Uhr Nachmittags möchte, wenn die Sonne frei war, nicht ganz richtig angegeben sein. Das Psychrometer hingegen hängt stets an einem Pfosten innerhalb der Hütte nahe am Eingange"[1].

„Erst vom 2. Oktober an konnte ich meine Instrumente im kompletten Schatten um 2 Uhr Nachmittags unter dem frei gewordenen Zelte aufhängen. Die Winde sind in dem mit hohen Bergen eingeschlossenen Kerén nicht genau zu bestimmen."

Um wo möglich einige Kenntniss sowohl über die jährliche als tägliche Änderung der meteorologischen Grössen zu erlangen, wurden die Beobachtungen zuerst nach Monaten, dann nach Tagesstunden zusammengestellt. Man fand:

	Luftdruck.	Temperatur.	Dunstdruck.	Feuchtigkeit.
23.—31. Juli	643,81 Millim.	21,48° C.	6,65 Millim.	73,8 Proz.
für August	643,68 „	20,32° „	6,62 „	84,5 „
„ September	644,05 „	21,68° „	5,50 „	68,0 „
1.—15. Oktbr.	643,92 „	21,84° „	3,46 „	51,7 „

Diese Temperaturmittel gelten nur für die Tagesstunden von 6 Uhr Morgens bis 9 Uhr Abends, da, wie natürlich, die Nachtbeobachtungen fehlen, welche für die wahren Mittel in jenen Breiten viel kleinere Zahlen ergeben würden.

[1] Nach den Beobachtungszahlen des Tagebuches beträgt der Unterschied nur wenige Zehntelgrade. Herr Kinzelbach hält das trockene Thermometer des Psychrometers für das genauere. Die Angaben desselben wurden auch in Kerén allein benutzt.

Der grösste Luftdruck während dieser Periode war 646,4 Millim. am 27. Sept. Abends 10 Uhr, der kleinste 640,3 Millim. am 15. August Nachmittags 2 Uhr. Die höchste Temperatur war am 4. Oktober Nachm. 2 Uhr mit 30,6° C., die tiefste am 6. Oktober Morgens 6 Uhr mit 11,6° C. Der grösste Dunstdruck fand Statt am 3. Sept. Nachm. 2 Uhr mit 8,29 Millim., der kleinste am 9. Okt. Nachm. 2 Uhr mit 2,10 Millim. Die grösste Feuchtigkeit fand man am 6. Okt. Morgens 6 Uhr mit 95 Proz., die kleinste am 9. Okt. Nachm. 2 Uhr mit 15 Prozent.

Die Menge des Regens vom 26. Juli bis 22. Septbr. giebt Herr Kinzelbach zu 463,5 Millim. an, wovon vom 16. Aug. Mittags bis 17. Aug. 6 Uhr Abends 103 Millim. fielen. Am reichlichsten war er vom 14. bis 24. August im Betrage von 229,3 Millim. Vom 22. September bis 15. Oktober regnete es nicht mehr.

Übrigens muss bemerkt werden, dass im südlichen Abessinien eine doppelte Regenzeit eintritt, die eine, wahrscheinlich die stärkere, im Januar und Februar, die zweite vom Juli bis August. Beide Zeiten treffen gegen Norden etwas später ein und die zweite Regenzeit war offenbar jene, in welche die Beobachtungen Kinzelbach's fallen [1].

Um über die tägliche Änderung einigen Aufschluss zu erlangen, wurden die Beobachtungen, welche zu den ganzen Stunden 6 Uhr Morgens, 2 Uhr und 9 Uhr Abends ausgeführt sind, zu Mitteln vereinigt und gaben folgende Zahlen:

	6 Uhr.		2 Uhr.		9 Uhr.	
Luftdruck im Juli	643,80	Millim.	643,72	Millim.	643,97	Millim.
„ „ August	643,83	„	643,68	„	644,36	„
„ „ September	644,34	„	643,26	„	644,46	„
„ „ Oktober	644,53	„	643,00	„	644,63	„
Temperatur im Juli	21,09°	C.	24,45°	C.	22,02°	C.
„ „ August	19,38°	„	22,52°	„	19,81°	„
„ „ September	16,98°	„	26,61°	„	21,18°	„
„ „ Oktober	14,28°	„	29,24°	„	17,54°	„
Dunstdruck im Juli	6,46	Millim.	6,84	Millim.	6,65	Millim.
„ „ August	6,41	„	7,12	„	6,53	„
„ „ September	4,69	„	5,55	„	5,97	„
„ „ Oktober	3,56	„	3,42	„	3,94	„
Feuchtigkeit im Juli	79,8	Prozent	67,8	Prozent	76,8	Prozent
„ „ August	87,4	„	79,3	„	86,0	„
„ „ September	75,4	„	51,4	„	72,9	„
„ „ Oktober	66,9	„	28,0	„	58,0	„

Aus diesen Zahlen sieht man, dass der Luftdruck in den Nachmittagsstunden kleiner ist als früh und Abends, also einen Gang befolgt, welcher dem in unseren Gegenden gewöhnlichen ähnlich ist. Die Änderung der Temperatur ist während der Regenzeit gering, wird aber nach dem Ende derselben sehr gross. Der Dunstdruck wird wie natürlich durch sie sehr vergrössert, seine tägliche Änderung scheint aber überhaupt klein zu sein. Dafür ändert sich die relative Luftfeuchtigkeit, vorzüglich ausser der Regenzeit, im Verlaufe des Tages sehr bedeutend.

[1] Denkschriften der Wiener Akademie, XV. Bd., S. 45.

Die stärkeren Regen scheinen immer von Gewittern begleitet zu sein, wenigstens sind an den 36 Regentagen in Kerén 16 mit Gewittern bezeichnet. Am 24. August fiel Hagel.

Die Heiterkeit des Himmels war im Juli noch veränderlich, gegen Ende aber war er schon grösstentheils bedeckt, so auch im ersten Drittel des August; im zweiten Drittel war die Bedeckung ununterbrochen, gegen Ende traten wieder einige heitere Stunden ein. Im September war sie wechselnd, anhaltende Heiterkeit mit wenig Unterbrechungen kehrte erst zu Ende dieses Monats und im Oktober zurück.

Die Winde wehten im Juli und August fast ausnahmslos schwach aus W. und NW., nur am 27. Juli war SSO., am 30. August SO.-Sturm, beide von Gewittern begleitet. Diese westliche Richtung behielten sie auch noch in der ersten Hälfte des September bei, erst von da an wechselten sie mit Ostwinden und waren auch noch im Oktober zwischen NO. und S. veränderlich.

Die Seehöhe von Kerén wurde aus den gleichzeitigen Barometer-Beobachtungen mit Kairo um 6 Uhr Morgens, 2 und 9 Uhr Abends bestimmt und dafür die Zahl von 4469 Par. Fuss gefunden.

Drei Bestimmungen mit dem Thermo-Hypsometer I gaben dafür 4516 P. F.,
zwei   „   „ „   II   „   „   4455 „
die gleichzeitigen Barometer-Ablesungen . . .   „   „   4523 „

Es wird daher die zuerst gegebene Höhe als nahezu richtig angenommen werden können.

Aus den Ergebnissen dieser Beobachtungen kann man ersehen, dass das Klima von Kerén, so weit es ein Aufenthalt von 3 Monaten zu erkennen gestattet, gewiss unter die mildesten und angenehmsten von Afrika zu rechnen ist. Die Regenzeit tritt zwar zwei Mal im Jahre ein, ist aber jedes Mal nur kurz und dauert kaum zwei Monate; die Temperatur im Mittel $21\frac{1}{4}°$ C. (17,2° R.) scheint nicht oft über 30—31° C. (24—25° R.) zu steigen und die Luft wird durch die oft kühlen Nächte erfrischt. Ausser der Regenzeit ist der Himmel wahrscheinlich sehr heiter und anhaltend trüber Himmel tritt nur in der Mitte derselben ein. Auch die von der See her wehenden Ostwinde tragen zur Abkühlung bei und selbst während der Regenzeit mag die Schwüle der Luft durch die häufigen Gewitter gemildert werden.

Vergleicht man damit das Klima in dem nur wenig nördlicher, aber um mehr als 3000 Fuss tiefer gelegenen Chartúm [1]), so ergiebt sich, wie sich wohl erwarten lässt, ein sehr bedeutender Unterschied. Hier ist das Mittel der Temperatur während der Tagesstunden in den Monaten Juli, August und September 32,2° C. (25,7° R.), also höher als dort zu den wärmsten Stunden, und wird, wenigstens in

diesen Monaten, die der Regenzeit angehören, auch während der Nacht nicht viel gemildert.

Zwischen 1 Uhr und 3 Uhr Nachmittags erduldet man in Chartúm durchschnittlich eine Hitze von 39° C. (31° R.), dort ist sie nur 24,5° C. (19,6° R.), also nicht höher als bei uns im Sommer. Die höchste Temperatur war hier im Schatten 46,6° C. (37,3° R.), in Kerén kam sie nicht über 30,6° C. (24,5° R.).

Noch ein zweiter Umstand ist es, der das Klima in Chartúm zu einem höchst erschlaffenden und ungesunden macht, nämlich die Feuchtigkeit der Luft und die ungemein grosse Menge der Dünste, die sie stets enthalten muss, denn die Dunstspannung während der Tagesstunden der Monate Juli, August und September beträgt hier 21,2 Millimeter, also mehr als das Dreifache von jener in Kerén, wo sie nur zu 6,3 Millimeter gefunden wurde, und dieser Feuchtigkeitszustand dauert in Chartúm doppelt so lange als in Kerén, nämlich durch die vier Monate Juni bis September.

Hierbei darf man sich aber nicht vorstellen, dass in Chartúm trotz der grossen Dunstspannung eine Regenzeit ähnlich der in Kerén eintrete. Die Luft ist dort wegen der hohen Temperatur noch ziemlich weit vom Sättigungsgrade entfernt, wie Russegger's Beobachtungen lehren, und wenn es auch noch nicht in das regenlose Gebiet gehört, wie das nördlicher gelegene Nubien, so ersieht man doch aus den Beobachtungen Dovyak's [1]), dass unter den 144 Beobachtungstagen, die seine Aufzeichnungen während der Monate Juni bis November umfassen, nur 21 Regentage waren.

Bei Berechnung der Barometer-Beobachtungen jenseit Kerén und der daraus abgeleiteten Seehöhen wurden aus mehrfachen Gründen die gleichzeitigen Beobachtungen in Kairo nicht mehr benutzt, denn man konnte sich schon aus der von Herrn Kinzelbach zu Kerén angestellten Beobachtungsreihe und ihren Ergebnissen überzeugen, dass die atmosphärischen Verhältnisse, insbesondere die Dunstspannung, zu verschieden sind, als dass man ohne Berücksichtigung derselben hoffen durfte, durch Vergleichung der an so entlegenen Orten angestellten Beobachtungen richtige Höhenbestimmungen zu erhalten, um so mehr, da die Reise meistens durch hoch gelegene Orte führte. Auch haben frühere Erfahrungen bewiesen, dass in jenen Gegenden, wo die störenden Einflüsse auf den Luftdruck im Vergleiche mit den bei uns eintretenden so gering sind, die Zusammenstellung der Beobachtungen eines Ortes mit denen einer früheren Reisestation, an welcher eine grössere Anzahl von Bestimmungen durchgeführt wurde, Ergebnisse liefert, die

---

[1]) Denkschr. der Wiener Akad., Bd. XV; Sitzungsber., Bd. XLI.

[1]) Denkschr. der Wiener Akademie, XV. Bd., S. 45.

der Wahrheit so nahe kommen, als es bei so schwierigen Reisebeobachtungen, wie die besprochenen sind, überhaupt erwartet werden kann.

Aus diesen Gründen wurden die in dem vorliegenden Reiseabschnitt enthaltenen Beobachtungen über Luftdruck, um daraus die Höhenlage der einzelnen Orte abzuleiten, nicht mit denen von Kairo, sondern für die ersten Stationen (bis einschliesslich Kassala) mit Kerén, für die folgenden mit Kassala verglichen.

Die Abreise von Kerén erfolgte am 28. Oktober 1861 und es wurde noch an demselben Tage an der nächsten Station

Ambaras um 2^h und 10^h Abends, am folgenden um 6^h Morgens beobachtet [1]. Die Höhe des Luftdruckes war im Mittel 646,3, woraus, wenn man den Luftdruck in Kerén zu 643,83 und das dortige Temperaturmittel zu 20,4° annimmt, während hier 18,5° beobachtet wurde, eine Höhendifferenz von 241 Fuss, also, da die Seehöhe von Kerén zu 4469 Fuss gefunden wurde, für Ambaras die Seehöhe = 4228 F. folgt. Die Temperatur-Änderung vom 28. Okt. um 2^h bis 29. um 6^h Morgens war von 27,5° bis 10,0°. Die Temperatur des Wassers des Strombettes Ambaras in einem Loche 1 F. unter der Oberfläche und selbst wieder 6 Zoll tief war 20°. Schwacher Wind von NO., S. und SW. Heiterer Himmel.

Daueloch am Anseba. Vier Ablesungen vom 29. Okt. um 10^h 45' Morgens bis 30. Okt. 6^h Morgens. Mittlerer Luftdruck 647,9; mittlere Temperatur 20,6° (aus allen vier Beobachtungen) und 19,2° (aus der grössten, 28,1°, und kleinsten, 10,4°); Höhenunterschied mit Kerén 309 Par. F.; Seehöhe 4160 F. Der Anseba 6 Zoll tief fliessend; Temperatur des Wassers um 10^h 45' Morgens 23,1°, um 2^h Abends 28,8°. Grösstentheils windstill; heiter.

Salikat am Flusse gleichen Namens (3 Zoll tief fliessend). Drei Ablesungen vom 30. Okt. 2^h Abends bis 31. Okt. 6^h Morgens. Mittlerer Luftdruck 641,8; mittlere Temperatur 18,0°, um 2^h 24,8°, um 6^h Morgens 11,1°; Seehöhe 4413 F. Temperatur des Flusswassers um 2^h Abends 26,2°, um 6^h Morgens 14,4°. Wind schwach von O. und S. Am 30. Nachm. bewölkt; von 4^h bis 5^h 30' etwas Regen.

Station zwischen *Gundabértina* und *Az-Maman* an einem kleinen Bache, der 3 Zoll tief fliesst. Zwei Ablesungen am 31. Okt. 9^h Abends und 1. Nov. 6^h Morgens. Mittlerer Luftdruck 623,1; mittlere Temperatur 18,9°; Seehöhe 5189 F. Um 6^h Morgens Dunstdruck 6,77; Feuchtigkeit 59 Proz.;

Temperatur des Flusswassers um 9^h Abends 16,4°. Windstill; heiter.

Az-Maman an einem kleinen Bache, der 3 Zoll tief fliesst. Eine Ablesung am 1. Nov. um 2^h Abends. Luftdruck 623,3; Temperatur 23,1°; Seehöhe 5337 F. Um 2^h Abends Dunstdruck 9,00; Feuchtigkeit 39 Proz. Schwacher NO.; halb trübe.

Station zwischen *Az-Maman* und *Az-Johannes* an einem kleinen Bache, der 3 Zoll tief fliesst. Zwei Ablesungen am 1. Nov. um 8^h 30' Abends und am 2. Nov. um 6^h Morgens. Mittlerer Luftdruck 596,7; mittlere Temperatur 11,2°; Seehöhe 6459 F. Um 8^h 30' Dunstdruck 7,40; Feuchtigkeit 52 Proz. Wind O., schwach; heiter.

Tsazega. Die Quelle des Anseba zu weit entfernt. Alle bisher angeführten Ströme ohne Namen sind Zuflüsse des Anseba.

Sechs Ablesungen vom 2. Nov. 4^h Abends bis 4. Nov. um 6^h Morgens. Mittlerer Luftdruck 584,3; mittlere Temperatur 15,9°; Seehöhe 7033 F. Höchste Temperatur am 3. Mittags 19,9°, tiefste am 4. um 6^h Morgens 11,2°. Wind schwacher O. und SO.; nicht ganz heiter.

Ad-Saul an einem in den Mâreb fliessenden Bache von 6 Zoll Tiefe. Vier Ablesungen vom 4. Nov. 4^h Abends bis 6. Nov. 6^h Morgens. Mittlerer Luftdruck 599,8; mittlere Temperatur 12,7°; Seehöhe 6330 F. Grösstentheils windstill; Heiterkeit wechselnd.

Bei *Teramni.* Zwei Ablesungen am 6. Nov. 8^h 45' Abends und am 7. Nov. 6^h Morgens. Mittlerer Luftdruck 605,0; mittlere Temperatur 14,5°; Seehöhe 6109 F. Windstill; grösstentheils bedeckter Himmel.

Godofelassie. Sieben Ablesungen vom 7. Novbr. 2^h Abends bis 9. Nov. 6^h 30' Morgens. Mittlerer Luftdruck 605,7; mittlere Temperatur 20,2°; Seehöhe 6095 F. Höchste Temperatur am 8. um 2^h 28,1°, tiefste am 8. um 6^h Morg. 14,6°. Wind W. und SO., schwach; grösstentheils trübe; am 8. 10^h Abends schwacher Gewitterregen.

Az-Dochi. Drei Ablesungen vom 9. Nov. 4^h Abends bis 10. Nov. 6^h Morgens. Mittlerer Luftdruck 609,5; mittlere Temperatur 17,2°; Seehöhe 5920 F. Wind NO. und N., schwach; trübe. Am 9. Abends bis 10^h starker Regen.

Maï-Scheka. 28 Ablesungen vom 10. Nov. 5^h Abends bis 16. Nov. Mittags. Mittlerer Luftdruck 599,7; mittlere Temperatur 20,2°; Seehöhe 6361 F. Höchste Temperatur am 15. Nov. 2^h 28,0°, tiefste am 11. und 14. 6^h Morgens 13,4°. Wind am 11. und 12. NO., mittelmässig, am 13. S. und SW., am 14., 15. und 16. wechselnd von O. nach SO., O., S., W. und NO. Himmel heiter.

Scheich-Marhé. Drei Ablesungen vom 16. Nov. 6^h Abends bis 17. Novbr. 6^h Morgens. Mittlerer Luftdruck 623,9;

---

[1] Die fixen Beobachtungsstunden, welche in den meisten Fällen eingehalten wurden, sind 6^h Morgens, 2^h und 9^h Abends. Die Temperatur ist durchaus nach Celsius ausgedrückt, der Luftdruck ist auf 0° gebracht und in Millimetern, die Höhenangaben sind in Pariser Fuss, der Dunstdruck in Millimetern gegeben.

Deutsche Expedition in Ost-Afrika.

mittlere Temperatur 15,1°; Seehöhe 5299 F. Grössen-
theils windstill; heiter.

Mai-Zabri. Zwei Ablesungen am 17. Nov. 12ʰ 30′
Mittags und 2ʰ Abends. Mittlerer Luftdruck 642,6; mittlere Temperatur 28,0°; Seehöhe 4526 F. Wind S., sehr
schwach; heiter.   •

Mäshäl. Drei Ablesungen vom 17. Novbr. 6ʰ Abends
bis 18. Nov. 6ʰ 30′ Morgens. Mittlerer Luftdruck 620,0;
mittlere Temperatur 18,2°; Seehöhe 5470 F. Grössen-
theils windstill; heiter.

Mai-Debri. Zwei Ablesungen am 18. Nov. 2ʰ und 2ʰ
36′ Abends. Mittlerer Luftdruck 614,6; mittlere Temperatur 26,1°; Seehöhe 5720 F. Windstill und heiter.

Kesadgua. Vier Ablesungen am 18. Nov. 9ʰ, 10ʰ 30′,
11ʰ 30′ Abends und am 19. 6ʰ Morgens. Mittlerer Luftdruck 604,0; mittlere Temperatur 15,6°; Seehöhe 6156 F.
Am 18. windstill; von 11ʰ 30′ Abends und am folgenden
Morgen S. und SSW.; heiter.

Mai-Mené. Zwei Ablesungen am 19. Nov. 10ʰ 15′ Morgens und um Mittag. Mittlerer Luftdruck 616,0; mittlere
Temperatur 21,2°; Seehöhe 5648 F. Süd, schwach; heiter.

Mai-Gorso. Vier Ablesungen vom 19. Nov. 9ʰ Abends
bis 20. Nov. 6ʰ Morgens. Mittlerer Luftdruck 625,2; mittlere Temperatur 17,7°; Seehöhe 5248 F. Ost bis Süd,
ziemlich stark; heiter, nur Nachts halb trübe.

In *Märeb Arakebu* am 20. Nov. wurde nicht beobachtet.

Wodach. Zwei Ablesungen des Thermometers am 20. Nov.
8ʰ 30′ Abends und am 21. Nov. 6ʰ Morgens. Mittlere Temperatur 16,1°. Ost, dann West, sehr schwach; halb trübe,
dann heiter. Wasser des Baches am 20. 8ʰ 30′ Morgens
22,4°, am 21. 6ʰ Morgens 14,4°.

Gunne-Gunne. Eine Ablesung des Thermometers am
21. Nov. 1ʰ 30′ Abends. Temperatur 24,4°. Schwacher
SW.; heiter.

Adiabo (Az - Nebrid). Vierzehn Ablesungen des Thermometers vom 22. Nov. 11ʰ Morgens bis 26. Nov. 6ʰ Morgens. Mittlere Temperatur 22,1°, höchste am 24. Mittags
27,1°, tiefste am 26. 6ʰ Morgens 13,1°. Wind grösstentheils schwach und wechselnd; Heiterkeit veränderlich.
Am 24. von 9ʰ Abends Donner und Blitze, um 9ʰ 30′ kam
heftiger Regen dazu. Das Gewitter dauerte bis 10ʰ 15′.
Die ganze Nacht wie die vorhergehenden Nächte; der Himmel meist bedeckt.

Hier bemerkt Herr Kinzelbach, dass in dem Gefässe
des Barometers, aus welchem während der Reise wahrscheinlich Quecksilber ausgeflossen war, sich doch noch so viel
befand, dass er ihn umkehren konnte, ohne dass Luft dadurch hineinkam. Da aber bei der Beobachtung das Niveau
des Quecksilbers im Gefässe die Spitze des Elfenbeinstiftes
nicht mehr erreichte, selbst wenn es um die ganze Länge

der Schraube gehoben worden war, so benutzte er es nun
so, dass er den Nonins einstellte, den Abstand mit einem
Zirkel abmass und um diesen Abstand den Barometerstand
vergrösserte.

Az-Berai. Zwei Ablesungen am 26. Nov. 9ʰ Abends
und am 27. Nov. 6ʰ Morgens. Mittlerer Luftdruck 647,6;
mittlere Temperatur 9,6°; Seehöhe 4311 F. Windstill; heiter.

Herret. Eine Ablesung am 27. Nov. 1ʰ 30′ Abends.
Luftdruck 645,7; Temperatur 27,5°; Seehöhe 4373 F. Windstill; mehr als halb bedeckt.

Godgodo. Zwei Ablesungen am 27. Nov. 9ʰ Abends und
am 28. Nov. 6ʰ Morgens. Mittlerer Luftdruck 662,0; mittlere Temperatur 11,9°; Seehöhe 3739 F. Windstill; heiter.

Dekeschbo. Eine Ablesung am 28. Novbr. 1ʰ Abends;
Luftdruck 667,3; Temperatur 33,5° (im Halbschatten);
Seehöhe 3492 F. Windstill; halb bewölkt.

Masebu. Drei Ablesungen am 28. Nov. 7ʰ 15′ Abends,
am 29. Nov. 2ʰ 45′ und um 5ʰ 45′ Morgens. Mittlerer
Luftdruck 672,0; mittlere Temperatur 17,9°; Seehöhe 3333 F.
Windstill; heiter.

Mai-Daro. Drei Ablesungen des Luftdruckes, sechs der
Temperatur vom 29. Nov. 3ʰ Abends bis 1. Dez. 6ʰ Morgens. Mittlerer Luftdruck 675,3; gleichzeitige Temperatur
28,0°; Gesammtmittel der Temperatur 26,4°; Seehöhe 3179 F.
Wind schwacher West und Süd; theilweis bewölkt.

Am *Märeb.* Eine Ablesung am 1. Dez. 8ʰ Morgens.
Luftdruck 688,4; Temperatur 22,5°; Seehöhe 2678 Fuss.
Windstill; heiter.   •

Tender. Sieben Ablesungen vom 2. Dez. 6ʰ Morgens
bis 3. Dez. 9ʰ 15′ Abends. Mittlerer Luftdruck 670,8;
mittlere Temperatur 26,5°; Seehöhe 3363 F. Höchste Temperatur am 2. Dez. Mittags 32,0°, tiefste am 3. Dez. 6ʰ
Morgens 15,4°. Windstill; theilweis bewölkt.

Mogelo. 21 Ablesungen am Barometer und 26 am Thermometer vom 4. Dez. 6ʰ Morgens bis 8. Dez. 8ʰ Morgens.
Mittlerer Luftdruck 696,8; gleichzeitige Temperatur 26,4°.
Gesammtmittel der Temperatur 25,5°; Seehöhe 2338 F.
Höchste Temperatur 34,4° am 5. Dez. 3ʰ Abends, tiefste
15,9° am 7. Dez. 6ʰ Morgens. Schwacher Wind aus N.
und NO. Durchaus heiter, nur am 8. Morgens trübe wegen
Nebel bei leichtem Regen. Es wird hierbei bemerkt, dass
für das Barometer kein anderer Aufstellungsplatz gefunden
werden konnte als da, wo es ausser 6ʰ Morgens stets der
Sonne fast direkt ausgesetzt war. Das Thermometer war
im Schatten.

Arnetta. Zwei Ablesungen am Barometer und vier am
Thermometer vom 8. Dez. 3ʰ Abends bis 9. Dez. 6ʰ Morgens. Mittlerer Luftdruck 695,0; gleichzeitige Temperatur
30,0°. Gesammtmittel der Temperatur 25,1°; Seehöhe 2395 F.
Meist windstill; halb trübe.

Eleféno. Eine Ablesung am 9. Dez. 2ʰ Abends. Luftdruck 701,9; Temperatur 31,4°; Seehöhe 2120 F. Windstill; halb heiter.

Serobeti am Boka. Eine Ablesung am 10. Dez. um 6ʰ Morgens. Luftdruck 704,4; Temperatur 11,2°; Seehöhe 2113 F. Windstill; heiter.

Teura. Eine Ablesung am 10. Dez. 2ʰ Abends. Luftdruck 704,5; Temperatur 29,2°; Seehöhe 2031 F. Windstill; heiter.

Algedén. 18 Ablesungen vom 11. Dez. 7ʰ 30′ Abends bis 13. Dez. 2ʰ 30′ Abends. Das Barometer war am 11. Dez. in der Hütte unmittelbar an der Thür aufgehängt, an den folgenden Tagen aber musste es der Sonne ausgesetzt werden. Es floss wieder Quecksilber aus, daher nur die zwei ersten Ablesungen zur Höhenbestimmung benutzt wurden. Mittlerer Luftdruck 687,3; gleichzeitige Temperatur 25,1°; Seehöhe 2712 F.; mittlere Temperatur 25,1°, höchste Temperatur 29,9° am 12. 3ʰ Abends, tiefste 16,2° am 12. 7ʰ 30′ Morgens. Neben Windstillen durchgehends schwache N. und NO.-Winde. Am 11. Nachmittags trübte sich der Himmel, sonst vollkommen heiter.

Kassala. 36 Ablesungen am Barometer und 48 am Thermometer vom 11. Januar bis 6. Februar. Am 13. Januar schreibt Herr Kinzelbach: „Nachdem ich in Algedén bemerkt hatte, dass Quecksilber irgendwo aus meinem Barometer ausrinnt, und diess mehr und mehr auf der Reise hierher, so musste ich mich mit der Reparatur auf Kassala vertrösten. Während meiner Krankheit war natürlich Nichts zu machen, nun endlich, da Munzinger und ich, körperliche Schwäche abgerechnet, so weit wieder gesund sind, haben wir das Barometer ordentlich und nachhaltig wieder brauchbar gemacht.” Von diesem Tage an beginnen die Barometer-Ablesungen. Mittlerer Luftdruck 710,8; gleichzeitige Temperatur 25,0°; Seehöhe 1803 F. Gesammtmittel der Temperatur 24,8°; höchster Luftdruck 715,4 am 27. Januar 8ʰ 30′ Abends, tiefster 708,6 am 5. Februar 1ʰ und 3ʰ 15′ Abends. Höchste Temperatur 29,4° am 16. Januar 4ʰ 30′, am 5. Februar 1ʰ und 3ʰ 15′ Abends, tiefste 16,9° am 13. Januar 7ʰ Morgens. Mittlerer Dunstdruck 10,62, mittlere Feuchtigkeit 47,7 Proz. Ersterer schwankte zwischen 14,44 am 17. Jan. 9ʰ Morgens und 5,55 am 12. 8ʰ Morgens, letztere zwischen 73 Proz. am 27. Jan. 8ʰ 30′ Abends und 31 Prozent am 14. Januar Mittags und am 15. um 5ʰ 30′ Abends. Wie Herr Kinzelbach beifügt, sind in Kassala Dezember und Januar die kältesten, April und Mai die heissesten Monate, Juni, Juli, August die Regenmonate, August, September, Oktober und November die Fiebermonate.

Ferner sagt er: „Wir sind hier so komplet geschützt vor dem Winde, dass nur selten in unserem Hofe ein Luftzug Statt findet.” In dem Tagebuch ist daher auch nur sechs Mal „Nordwind”, sonst durchgehends „windstill” angesetzt. Der Himmel war immer heiter, nur am 11. Januar Nachmittags war er grösstentheils, am 12. Nachmittags und am 17. Morgens 9ʰ halb bedeckt.

Gos-Redjeb. Acht Ablesungen vom 14. Febr. 6ʰ Morgens bis 15. Febr. Mittags. Mittlerer Luftdruck 717,02; mittlere Temperatur 28,0°; Seehöhe mit Kassala verglichen 1568 F. Nordwind; heiter.

Auf der folgenden Reise bis an den Nil war das Barometer nicht mehr brauchbar.

El-Damer. 24. Februar. „Auf dem Wege hierher, wo wir meistens unter dem Zelte Mittag und Nacht zubrachten, kam das Thermometer 2ʰ Nachmittags auf 35° unter dem Zelte und fiel um 5ʰ Morgens auf 11,2° herab. Wir hatten mit wenig Unterbrechung fast alle 24 Stunden des Tages mehr oder weniger heftigen Nordwind.”

Acht Ablesungen vom 24. Febr. 9ʰ 15′ Morgens bis 26. Febr. 6ʰ Morgens. Mittlere Temperatur 22,8°; Schwankung zwischen 26,8° am 25. um 3ʰ 15′ und 15,6° am 25. 5ʰ Morgens. Nordwind; grösstentheils heiter, nur am 24. Mittags war der Himmel fast ganz bedeckt.

Am Bord der Barke auf der Reise von *El-Damer* nach *Chartúm* 33 Ablesungen vom 2. bis 11. März, darunter waren neun 6ʰ Morgens, deren Mittel 17,6°, acht 2ʰ Abends, deren Mittel 30,9°, und neun 9ʰ Abends, deren Mittel 23,9° gab. Am 3. März wurde von zwei zu zwei Stunden (mit Ausnahme von 2ʰ, 4ʰ und 8ʰ früh) beobachtet und gefunden: Mitternacht Temperatur 17,0°, 6ʰ Morgens 13,8°, 10ʰ Morgens 25,0°, Mittags 26,7°, 2ʰ Abends 25,0°, 4ʰ Abends 30,0°, 6ʰ Abends 26,2°, 9ʰ Abends 22,2°. Die Temperatur des Nilwassers fand man an diesem Tage 2ʰ Abends zu 20,0°. Die Luft war am 2. und vom 5. bis 8. grösstentheils windstill, an den übrigen Tagen, namentlich am 3., durchgehends Nord, nur am 11. Morgens trat Süd ein.

Chartúm. Hier wurde das Barometer vollständig hergestellt und luftleer gemacht. Die Beobachtungen beginnen am 12. März und gehen bis 24.

Es wurde in dieser Zeit das Thermometer 36 Mal, das Barometer 31 Mal abgelesen. Das Mittel des Luftdruckes ist 725,21; die gleichzeitigen Ablesungen des Thermometers gaben 28,5°; das Gesammtmittel der Temperatur ist 28,15°. Für die Seehöhe findet man, wenn man Kassala als Vergleichspunkt wählt, 1255 Fuss, wählt man Kerén, so wird sie 1250 F. Diese Übereinstimmung beweist, dass das Verfahren, welches Hr. Kinzelbach anwendete, um mittelst des schadhaften Instruments den wahren Luftdruck zu finden, ganz brauchbare Ergebnisse lieferte.

Die gefundene Höhenzahl stimmt hinlänglich überein mit der aus Hrn. v. Russegger's Bestimmungen des Siedepunktes des kochenden Wassers gefundenen (1202 Par. F.) und mit einer Aneroid-Bestimmung von Capt. W. Peel[1]) (1207 Par. F.). Auch Hr. Kinzelbach beobachtete am 17. und 18. März den Siedepunkt mit dem Hypsometer zu 98,90° und 98,95°, woraus man mittelst der Tafeln von Gintl den Luftdruck zu 730,04 und 731,38 findet, gegen den gleichzeitig am Barometer beobachteten um 5,3 und 6,9 zu gross, daher die daraus berechnete Höhe 1045 F. und 1055 F. wird.

Die Luft war während der Beobachtungszeit sehr trocken. Das Mittel der Dunstspannung wurde zu 6,18, das Mittel der relativen Feuchtigkeit zu 21,5 Prozent gefunden. Der Wind war in den ersten Tagen Süd und Südwest, welcher öfters bewölkten Himmel brachte, dann aber ging er bei fortwährend reiner Atmosphäre in Ost und Nord über.

[1]) „Geogr. Mittheilungen", Ergänzungsheft Nr. 6, S. 12.

Übersicht der Höhenbestimmungen.

	Par. F.
M'Kullu bei Massua	89
Kerén	4469
Ambaras	4228
Daueloch	4160
Salikat	4413
Station zwischen Gundabértina und Az-Maman an einem Bache	5189
Az-Maman	5337
Station zwischen Az-Maman und Az-Johannes an einem Bache	6459
Tsazega	7033
Ad-Saul	6330
Teramni, in der Nähe von	6109
Godofelassie	6095
Az-Dochi	5920
Mai-Scheka	6361
Scheich-Marhé	5299
Mai-Zabri	4526
Mäshäl	5470
Mai-Debri	5720
Kesadgua	6156
Mai-Mené	5648
Mai-Gorso	5248
Az-Berai	4311
Herret	4373
Godgodo	3739
Dekeschbo	3492
Masebu	3333
Mai-Daro	3179
Station am Máreb, bei Mai-Daro	2678
Tender	3363
Mogelo	2338
Arnetta	2395
Eleféno	2120
Serobeti am Boka	2113
Taura	2031
Algedén	2712
Kassala	1803
Goz-Redjeb	1568
Chartúm	1250

V. Bemerkungen zu den Karten.

Von *B. Hassenstein.*

Als vor drei Jahren, im Februar 1861, Dr. A. Petermann eine grosse, speziell für den Gebrauch der Deutschen Expedition nach Afrika bestimmte Karte von Nord-Ost-Afrika [1]) herausgab, fügte derselbe für die Mitglieder jener Expedition ein Memorandum bei, welches auf folgende der Lösung harrenden Aufgaben hinwies: 1) Eine astronomische Feststellung der Lage von Chartúm; 2) Positionsbestimmung von Kassala, Gos Radjeb oder Filik, da diese drei Orte den Hauptknotenpunkt der bisherigen Routen zwischen dem Rothen Meere und Chartúm bilden und die Bestimmung der Lage eines derselben eine wichtige Grundlage für Karten der ganzen Region schaffen würde; 3) Entwirrung der bisherigen Angaben über das Flussnetz, besonders des Barka Anseba, Mareb; 4) Forschungen über die Gegenden zwischen den Bogos-Ländern und dem Barka im Süden und Suakin im Norden; endlich 5) und 6) Erforschung der Länder am Barka, des Gebiets von Hamasen, Basen, Qedaref u. s. w. Alle diese Aufgaben liegen jetzt gelöst vor uns; die Resultate sind in unseren Karten, von denen das Hauptblatt genau den Maassstab der unten citirten Karte, 1:1.000.000, hat, verarbeitet. Die umfangreichen astronomischen, meteorologischen und hypsometrischen Arbeiten des Herrn Kinzelbach, die ethnographischen und topographischen der Herren Werner Munzinger und Th. v. Heuglin, welche dieses Heft zur Publikation bringt, so wie die schon früher an anderer Stelle [2]) veröffentlichten Reiseberichte der unglücklichen Forscher Dr. Steudner und Moritz v. Beurmann bilden die Hauptquellen für unsere Neubearbeitung jener Karte. Der östliche Theil ist ausserdem bedeutend bereichert und verbessert worden durch die Arbeiten Antoine d'Abbadie's, deren Umfang und Wichtigkeit wir dabei zu übersehen, zu prüfen und hoch zu schätzen genügende Gelegenheit gehabt haben.

Eine kurze Betrachtung dieser Quellen und der Art ihrer Verarbeitung ist der Zweck dieser Zeilen.

Maassstab. — Da für alle drei Karten gleiche Materialien, gleiche Basis-Linien und Punkte, gleiche Prinzipien galten, die detaillirtere Kenntniss der Gebiete von Bogos,

Marea, Hamasen, Saraë, Tigre u. s. w. aber einen grösseren Maassstab für ihre Mappirung wünschen liess (1:500.000), die beiden Blätter 1 und 2 also nur als Supplemente für das Hauptblatt, Taf. 3 (1:1.000.000), gelten, so beziehen sich unsere Bemerkungen auf alle drei Kartenblätter zusammen genommen.

Basis. — Die Hauptbasis für den Entwurf der Karte bilden: 1) Theodor Kinzelbach's astronomisch bestimmte, von Dr. Bruhns berechnete Position von Kerén und von Kassala; 2) die durch A. d'Abbadie astronomisch oder trigonometrisch festgestellten Positionen von M'Kullu bei Massua, die Gorzo-Berge (Kesadaro oder Balalach v. Heuglin's) und Gundet in Saraë, die Berg-Spitze von Az-Daro in Adiabo, endlich die Berge Semayata, Debre-Sina u. a. in Tigre und die Hauptstadt dieser Provinz selbst: Adua. Um ganz sicher zu gehen, haben wir vor Annahme der unter 2) genannten Punkte dieselben nebst einigen anderen einer Prüfung nach einem Theil der von d'Abbadie selbst gegebenen Bestimmungs-Elemente unterworfen, nämlich den sehr zahlreichen Azimuth-Kompass-Winkelmessungen, welche von Rudolf Radau mit grösster Sorgfalt gesichtet und geordnet in d'Abbadie's „Géodésie d'Éthiopie" publicirt worden sind.

Das günstige Resultat dieser Prüfung zusammen mit einer Übereinstimmung mit v. Heuglin's und Munzinger's Messungen, wie sie sich im Lauf der Arbeit zeigte und wie sie uns während einer längeren Praxis noch nicht überraschender und erfreulicher vorgekommen war, drängte uns eine so hohe Meinung von den Arbeiten des Herrn Antoine d'Abbadie auf, dass wir seine 857 astronomisch-trigonometrischen Ortsbestimmungen wohl zum allergrössten Theil als endgültig für alle Zeiten erklären möchten.

Winkelmessungen. —Mit Hülfe der so eben aufgezählten Basis-Punkte, einzelner Entfernungs-Angaben, mehrerer fester Punkte in Oknle-Kusai, wie z. B. des Berges Kaschad im Distrikte Schamessneh, des Berges Tahuila, Schaik-Ara, des höchsten Berges bei Halai, u. a., endlich durch Berücksichtigung der Breitenbestimmungen Th. Kinzelbach's für Mai-Scheka in Saraë und für Mogelo in den Barea wurden nun zunächst die sämmtlichen Stationen bestimmt, von denen aus Herr v. Heuglin und Herr Munzinger die in Abschnitt II. dieses Heftes gegebenen Azimuth-Winkel aufgenommen haben. Wir haben sie auf den Karten durch ein kleines Dreieck bezeichnet und die Nummer der Station dazu geschrieben. Zugleich mit der Feststellung der Lage einer jeden Station war ein wichtiges Element für Benutzung

---

[1]) Entwurf einer Karte von Ost-Afrika, zwischen Chartúm und dem Rothen Meer bis Suakin und Massua. Nach allen vorhandenen Quellen entworfen von A. Petermann, zum Gebrauche der v. Heuglin'schen Expedition ausgeführt durch Justus Perthes' Geographische Anstalt, Dez. u. Jan. 1860—61. Gezeichnet und autographirt von B. Hassenstein. Maassstab: 1:1.000.000. — Dieselbe Karte, reducirt auf den Maassstab 1:1.500.000, wurde publicirt in „Geogr. Mitth.", Ergänzungsheft Nr. 6, begleitet von einem Mémoire von B. Hassenstein.

[2]) „Zeitschrift für Allgemeine Erdkunde", Jahrg. 1862 und 1863.

der gegebenen Winkel zu ermitteln: die Abweichung der Magnetnadel vom wahren Nord, denn mit Ausnahme der magnetischen Variation in Korén, welche aus Kinzelbach's Beobachtungen berechnet wurde, war keine einzige bestimmte Angabe dem Manuskripte der beiden Herren beigefügt und nur auf Herrn v. Heuglin's Karten-Skizze der Reise durch Saraë gesagt, dass die magnetische Variation in diesen Ländern durch vulkanische Gebirgs-Massen bedeutenden Schwankungen ausgesetzt sei. Eine Feststellung nach dem Polar-Stern für jede Station zu machen, hätte jedenfalls mehr Zeit erfordert, als eine flüchtige Durchreise erlauben kann. Es blieb uns also Nichts übrig, als die von uns durch Konstruktion ermittelte Variation anzunehmen. Wir fanden sie allerdings zwischen 2° bis 13° West in ihren Extremen schwankend, das muss aber einzig und allein der Attraktionsfähigkeit des benachbarten Terrains oder sonstigen Umständen zugeschrieben werden, denn auch in den von d'Abbadie bereisten Ländern wurden Verschiedenheiten in der Abweichung der Nadel vom magnetischen Meridian gefunden, welche die von uns ermittelten übertreffen und ebenfalls aus den oben angeführten beirrenden Umständen herzuleiten sind. In Abtheilung II dieses Heftes haben wir als einen wichtigen Faktor für Verständniss und Benutzung der dort zusammengestellten Winkel- und Itinerarmessungen bei einer jeden Station 1) die betreffende magnetische Variation, 2) die Objekte derjenigen Winkelmessungen angegeben, aus denen Lage und Variation abgeleitet worden sind. Bei kleinen Differenzen in den gefundenen Resultaten wurde das Mittel genommen und die Entfernungs- oder Richtungsangaben, welche die Itinerarbeschreibung lieferte, berücksichtigt; doch war im Allgemeinen schon das gefundene Resultat so befriedigend, dass wir die Fehler für die Lage der Stationen nicht höher als von 1 bis höchstens 3 Bogen-Minuten, für die Variation eben so viel Grade nach W. rechnen können.

Das ganze Netz der festgestellten Stationen umfasst 57 Punkte, von denen 20 dem Herrn v. Heuglin, 37 dem Herrn Munzinger zur Aufnahme der Winkel dienten. Als die äussersten Punkte dieses ganzen Netzes sind zu bezeichnen:

1) Debre-Kuddus im Marea-Land, Munzinger's Stat. 10.
2) Debre-Sina in Mensa, v. Heuglin's Station.
3) Mai-Scheka in Saraë, v. Heuglin's Station 7, Munzinger's Station 1.
4) Adi-Jesus bei Adua, v. Heuglin's Station 11.
5) Az-Nebrid in Adiabo, Munzinger's Station 7.
6) Berg Dablot bei Kassala, Munzinger's Station 17.

Innerhalb dieses Netzes sind noch von besonderer Wichtigkeit die Stationen:

1) Berg Sewán bei Kerén, v. Heuglin's Station.

2) Zad'amba bei Kerén, v. Heuglin's Station.
3) Tsazega in Hamasen, v. Heuglin's Station 2.
4) Kesadgua in Kohein, Munzinger's Station 5.
5) Mezan-Negarit, Munzinger's Station 10.
6) Samero im Bazen-Gebiet, Munzinger's Station 14.
7) Arnetta im Barea-Gebiet,   ,,   ,, 15.

Als Beweismittel für die Genauigkeit einzelner sehr wichtiger Messungen, welche als Kontrole für das ganze Netz dienen können, verweisen wir auf die Anmerkungen, die wir bereits an den bezüglichen Stellen, auf S. 14, Sp. 1 und 2, S. 15, S. 17; 18, Sp. 1; 21, gegeben haben.

Routen: Topographie: ältere Quellen. — Nach Feststellung des so eben skizzirten Triangulations-Netzes wurden von den Stationen alle übrigen Winkelmessungen, natürlich mit Berücksichtigung der magnetischen Variation, eingetragen und dadurch die Route und die Berg-Kuppen der Umgegend festgestellt; als spezielleres Material für die Zeichnung dienten dann 12 Karten-Skizzen, zum Theil von den Reisenden selbst, zum Theil unter den Augen W. Munzinger's von uns croquirt; ferner die Beschreibungen der Reiserouten von Th. v. Heuglin, Dr. Steudner und Werner Munzinger. Von besonderem Werthe waren die orographischen und hydrographischen Gesammtbilder, welche Letzterer in seinem Werk: „Ost-Afrikanische Studien", gegeben hat und durch persönliche Information uns noch deutlicher machen konnte; endlich sind berücksichtigt ältere Quellen, wie die Karten und Berichte von Lefèbvre, Ferret und Galinier, Combes und Tamisier, Mansfield-Parkyns u. A., doch stehen sie hinter den Arbeiten der Deutschen Expedition und d'Abbadie's zu weit im Werth zurück, um spezielle Verarbeitung zu erheischen. Wir wollen bei Betrachtung und Citirung aller dieser Materialien einen bestimmten Gang verfolgen, indem wir die Routen der beiden Abtheilungen der Deutschen Expedition als leitenden Faden wählen.

Rothes Meer; das Samhar. — Die Zeit vor Aufbruch der Expedition von Massua nach dem Inneren wurde von Th. v. Heuglin und Dr. Steudner zu einem siebentägigen Jagd-Ausflug nach dem Dahalak-Archipel benutzt, 20. bis 28. Juni 1861[1]). Früher schon, in den Jahren 1854, 1855 und 1856, später während seiner Rückreise nach Europa im September des Jahres 1862 hatte es sich W. Munzinger angelegen sein lassen, die Inseln und Massua in vornehmlich handelspolitischer Beziehung zu studiren, und hat darüber in seinem Werk eine werthvolle Monographie niedergelegt[2]). Diese Umstände und der Wunsch, d'Abbadie's fast ganz vergessene wichtige Aufzeichnungen über diesen

---

[1]) Bericht darüber s. „Zeitschrift für Allgem. Erdkunde" 1862, Bd. XII, SS. 57 ff.

[2]) W. Munzinger: Ost-Afrikanische Studien, SS. 100 ff.

Theil des Rothen Meeres [1] zum ersten Mal zu verwerthen, gaben die Veranlassung zu einer Ausdehnung unseres ersten Blattes nach Osten, so dass wonigstens der Haupttheil des Archipels auf das Blatt fällt. Die Küsten des Festlandes und der Inseln sind auf Grund der festen Positionen d'Abbadie's [2] um Massua bis Ras Harb nach Moresby's Karte [3] etwas vergrössert eingetragen, berichtigt mit wenigen topographischen Details aus Elwon's Sailing Directions [4] und Dr. Steudner's Bericht; gänzlich verändert wurde die sehr fehlerhafte Nomenklatur in Moresby's Karte nach d'Ahbadie's unten citirter Liste von Namen sämmtlicher Inseln und Inseloben und mehrerer Küstenpunkte, welcho auf jener Karte gar nicht benamt sind. Sir William Jones Schreibart [5], die für die ganze Seekarte des Rothen Moeres massgebend sein muss, ist hier ebenfalls beigesetzt in den wenigen Fällen, wo sie von der d'Ahbadie's abweicht. Einige Namen sind Th. v. Heuglin's und Munzinger's Angaben entlehnt. Um ein ungefähres Bild der grossen Bänke und der Haupt-Fahrstrasse in diesem Theil des Rothen Meeres zu geben, sind zwei blaue Töne angewandt, von denen der bellere eine Tiefe von weniger, der dunklere von mehr als 10 Engl. Faden anzeigt; die Kurven sind nach den sehr zahlreichen Loth-Zahlen in der See-Karte gezogen. Die Küste der Bai von Massua ist mit Zugrundelegung von d'Abbadie's Positionen nach Th. v. Heuglin's Plan gezeichnet [6]. — Die Zeichnung des Samhar und des Gadam-Gebirges um M'Kullu und Ailet heruht auf den Positionen d'Abbadie's für diese und einige umliegende Punkte und mehrere sich daran anschliessende Itinerare dieses Reisenden. Leider sind die Itinerare d'Abbadie's [7], die wir für unsere Karten zum ersten Mal zu benutzen Gelegenheit hatten, gerade für diese Gegend mangelhaft in den Angaben der Richtung und relativen Lage; nicht unbedeutende Zweifel, wie z. B. über die genaue Lage von Wainegus und einiger Küstenpunkte östlich von den Gadam-Gipfeln können deshalb erst durch das Erscheinen der von uns sehnlichst, aber noch immer vergeblich erwarteten Karten d'Ahbadie's erledigt werden. Für Angabe der Flussbetten in dem Samhar war eine hydrographische Karten-Skizze W. Munzinger's

nebst Text von Wichtigkeit, dio endlich die bisher sehr verworrenen Ansichten darüber klärt. Die Aufnahme der Reiseronte [1] von M'Kullu bis zum Gehirgsabfall von ebendemselben hat uns eine Basis gegeben für Einzeichnung der Unregelmässigkeiten des Bodens; seine Studien über die ethnographischen Verhältnisse der Beduän- und Saho-Stämme im Samhar [2] hat uns mehr Information für die Karte verschafft, als die gesammte ührige, ziemlich reiche Literatur über das Küstenland hietet. Ganz neuen Datums und nicht unwichtig ist die Reiseroute Sr. Hoheit des Herzogs Ernst von S.-C.-Gotha im April 1862 [3], welche das Gebirge beim Durchhruch des Lawa betritt, so wie die Exkursionen der Frau Herzogin Alexandrine von M'Kullu nach dem Thal von Ailet und Asus. Zu erwähnen hätten wir endlich noch, weil hei einer früheren Arbeit über die Nord-Abessinischen Grenzgehiete [4] nicht bekannt, den langen Aufenthalt des Franzosen Vayssières in M'Kullu und Ailet und sein darüber von Alexander Dumas publicirtes Tagebuch [5], ein Werkchen, das für Freunde der Jagd und von Erzählungen pikanter Ahenteuer eine äusserst angenehme Lektüre sein möchte, dem Geographen aber, trotzdem Vayssières bei seinen vielen Streif- und Querzügen durch diese Steppe ein sehr genauer Kenner derselben gewesen sein muss, fast Nichts bietet als eine kleine Menge durch Druckfehler schrecklich entstellter Namen von Wasserplätzen u. s. w., deren ungefähre Lage man sehr gern erführe. — Beachtenswerth sind einige Notizen von dem Schiffs-Arzt Courbon über die Geologie, Zoologio und Botanik der Insel Dessi und der Ufer-Landschaften der Bai von Adulis bis Halai, welche als erster Bericht [6] über die wissenschaftliche Thätigkeit einer Französischen, hauptsächlich politische Zwecke verfolgenden Expedition nach dem Rothen Meer und Aden im Jahr 1859 bis 1860 vorliegen.

Habáb. — Das kartographische Material über den nördlichen Ausläufer des Abessinischen Hochgebirges, welches östlich vom Anseba die Gebiete der Haháh und Mensa in sich schliesst, hat sich seit unserer ersten Karten-Skizze dieses Landes [7] nicht in derselben Ausdehnung er-

---

[1] Note on some Names of Places on the Shores of the Red Sea. By A. Thomson d'Abbadie. 1833. Journal of the Royal Geogr. Soc. 1839, Vol. 9, pp. 317—324.

[2] Géodésie d'Éthiopie, p. 425 Nr. 100—114; p. 426 Nr. 119; p. 440 Nr. 849—857.

[3] Chart of the Red Sea from Jiddah to the Straits of Bab-el-Mandeb. Surveyed in the Years 1830—33 by Capt. T. Elwon and Lieut. H. N. Pinching and completed in 1833 & 1834 by Comm. R. Moresby. Maassstab 1 : 706.000.

[4] Sailing Directions for the Red Sea by R. Moresby & T. Elwon, London 1841, p. 135 u. pp. 149—159.

[5] Sailing Directions, p. 224, und Index pp. 229—258.

[6] „Geogr. Mittheilungen", Jahrgang 1860, Tafel 15.

[7] Géodésie d'Éthiopie, p. 348 ff. Nr. 32 ff., 120 ff., 167 ff., 197 ff., 217 ff., 243 ff., 536 ff., 745 ff. u. s. w.

---

[1] S. 13 dieses Heftes und: Ost-Afrikanische Studien, SS. 176 ff., und „Zeitschrift für Allgem. Erdkunde" 1859.

[2] Munzinger: Ost-Afrikanische Studien, SS. 132—176.

[3] Ernst Herzog von Sachsen-Coburg-Gotha: Reise nach Ägypten und den Ländern der Habab, Mensa und Bogos. Quer-Fol. Leipzig, 1864. Im Auszug „Geogr. Mittb." 1864, S. 59.

[4] „Geograph. Mittheilungen" 1861, S. 300. Mit Karte Tafel 11.

[5] Souvenirs d'un Voyage en Abyssinie par A. Vayssières. Collection Hetzel. Leipzig 1857. 2 Bändchen in 12º.

[6] Rapport sur un Mémoire de M. Courbon, Chirurgien de la Marine de première classe, intitulé: Résultats relatifs à l'histoire naturelle, obtenus pendant le cours d'une exploration de la Mer Rouge, exécutée en 1859—1860 par ordre de l'Empereur, par M. le Capitaine de frégate de Russel. In: Comptes rendus hebdomadaires des Séances de l'Académie des Sciences", Tome 52, 1861, pp. 426—440.

[7] „Geographische Mittheilungen" 1861, Tafel 11.

weitert wie für die westlich vom Anseba gelegenen Bogos-, Takue- und Marea-Länder, und zwar hauptsächlich desshalb, weil die zerrissenen, felsigen, wild romantischen Gebirgsmassen dort ein Vordringen nur auf wenigen Strassen, die die Thäler der Hauptströme von Ost nach West aufwärts führen, erlauben, die Enge und Tiefe dieser Thäler aber eine Aufnahme grösserer Gebiete durch Winkelmessungen u. s. w. ganz unmöglich macht und selbst die Aufnahme eines einfachen Routiers längs des schmalen, äusserst gewundenen Strombettes eine genaue Kenntniss des Weges voraussetzt, um die Richtung in grössere Winkel zusammenfassen, die Distanz auf das richtige direkte Maass zurückführen zu können. Desshalb hatte Herr Munzinger es übernommen, die von ihm in früheren Jahren oft begangene Strasse durch den südlichen Theil der Habáb-Länder, im Thal des Lebka entlang, aufzunehmen, als er die Deutsche Expedition von Massua nach seinem Wohnorte Kerén geleitete [1] (s. das Itinerar S. 13). Für die verhältnissmässig grosse Genauigkeit seiner Itinerar-Schätzungen spricht der Umstand, dass die Konstruktion derselben bei so grosser Entfernung und solchen Terrainschwierigkeiten in der Breite eine Differenz von Kinzelbach's astronomischer Bestimmung der Position von Kerén nm nur 1 Englische Meile zu nördlich, in der Länge um $6\frac{1}{2}$ Engl. Meilen zu westlich ergiebt. So giebt uns diese Route die einzige zuverlässige Basis-Linie für Zeichnung des Habáb-Landes. Zwei weitere feste Punkte in Habáb, 1) Af-Abed (durch Munzinger von Azmat-Obel am Lebka auf früheren Reisen bestimmt) und 2) Asqédo-Baqla (von Munzinger während der Marea-Reise durch Winkelmessungen bestimmt, s. S. 15, Sp. 1), sind die Anhaltepunkte zur korrekten Niederlegung der Sapeto'schen Route nach Enzelal, im September 1851 [2]. Alles übrige Material über Habáb beschränkt sich auf Erkundigungen Munzinger's [3] und unzuverlässige Mittheilungen der Patres Sapeto und Stella [4]; es wird desshalb gerade dieses Land wegen zahlreicher noch ununtersuchter Ruinen u. s. w. von W. Munzinger zukünftigen Reisenden zum Besuch warm empfohlen (s. S. 12).

Mensa. — Etwas genauer bekannt als Habáb ist, wenigstens in der Umgegend seiner Hauptorte, das Gebirgsland der Mensa. Munzinger's Mittheilungen über seine Forschungen in den Jahren 1855 bis 1861 [3], die Reisebeschreibung des Italienischen Paters Giuseppe Sapeto 1851 [1]), Notizen aus den Tagebüchern der Jagdfreunde Graf Ludwig Thürheim [2] und A. de Courval [3]) 1857 waren früher unsere Quellen zur kartographischen Skizzirung des Landes [4], die nun erst, ebenfalls durch v. Heuglin, eine wissenschaftliche Grundlage, durch einen vierzehntägigen Aufenthalt der Reisegesellschaft Sr. Hoheit des Herzogs Ernst II. nicht unbedeutende Ausdehnung erhalten hat. Herr v. Heuglin bestimmte von seinen Beobachtungs-Stationen für Azimuth-Winkelmessungen im Bogos-Land aus die genaue Lage der hervorragenden Spitzen von Debre-Sina und Amba-Saul im SSW. von dem Hauptort Mensa oder Geleb (s. S. 14); sein Besuch des Klosters auf dem ersteren Berg in Begleitung des Dr. Steudner (Sept. 1861) [5] lieferte ihm Detail für eine topographische Zeichnung eines Theils des Landes, deren Hauptelemente, eine Liste von Winkelmessungen, uns leider nicht zugekommen sind, wahrscheinlich weil sie Herr v. Heuglin in seiner Karte verarbeitete und daher nicht der Publikation werth hielt (s. auch S. 14). Der Reisebericht des Herzogs Ernst [6] ist, ausser für die Hauptroute, ohne grosse geographische Ausbeute für unsere Karte gewesen, von grossem Interesse sind dagegen die Zeichnungen des Malers Kretschmer als Charakterbilder der landschaftlichen Scenerie, die lebendigen Schilderungen des Menschenlebens von dem hohen Reisenden selbst und diejenigen aus dem Thierleben von dem rühmlichst als Erzähler bekannten Dr. Alfred Brehm [7]. Wir verweisen auf das, was in den Geographischen Mittheilungen darüber gesagt wurde.

Das Bogos-Land ist nicht allein in dieser Gebirgsregion, sondern wohl im ganzen Gebiet der Karte das am genauesten und speziellsten gezeichnete. Ein dreimonatlicher

---

[1] Beschreibung der Reise von Th. v. Heuglin s. „Geogr. Mitth." 1862, SS. 15 bis 18. Von Dr. Steudner „Zeitschrift für Allgem. Erdkunde" 1862, SS. 46 bis 73. Von Munzinger: Ebenda 1862, SS. 162 bis 174; Ost-Afrikanische Studien SS. 177 bis 182.

[2] „Geograph. Mittheilungen" 1861, SS. 299 ff.

[3] Die nordöstlichen Grenzländer von Habesch, „Zeitschrift für Allgem. Erdkunde" 1857, N. F. III, S. 177.

[4] Th. v. Heuglin: Die Habáb-Länder am Rothen Meer, „Geogr. Mittheilungen" 1858, S. 370.

[5] Note géographique sur la Carte des lieux situés au Nord de l'Abyssinie. Mit Karte. Nouvelles Annales des Voyages, Sept. 1858,

---

pp. 257—273. S. „Geogr. Mitth." 1858, S. 409. — Die nordöstlichen Grenzländer von Habesch, „Zeitschrift für Allgem. Erdkunde", Neue Folge III, SS. 177—205. (Übersetzt aus Nouv. Ann. d. Voyages, April 1858.) W. Munzinger: Sitten und Recht der Bogos. Winterthur 1859. Vorrede von Ziegler. Derselbe: Ost-Afrikanische Studien, S. 80 u. 179.

[1] G. Sapeto: Viaggio e Missione cattolica etc. Libro secondo e libro terzo. Im Auszug in „Geograph. Mitth." 1861, SS. 299—308. Mit Karte Tafel 11, 1,900.000.

[2] Th. v. Heuglin: Auszug aus Graf von Thürheim's Tagebuch, ebenda, 1859, SS. 363—364.

[3] Notice d'un voyage de Messawah au Nil à travers le pays de Barka. Mit Karte. Bulletin de la Soc. de Géogr. Novembre 1858.

[4] „Geograph. Mitth." 1861, Tafel 11; Maassstab 1:900.000. Mit Bemerkungen von B. H., S. 300; und Ergänzungsheft Nr. 6 der „Geogr. Mitth." 1861, S. 8.

[5] Zeitschrift für Allgem. Erdkunde, 1862, N. F. XII, SS. 205—215, u. „Geograph. Mitth." 1862, S. 21.

[6] Ernst Herzog von Sachsen-Coburg-Gotha: Reise nach Ägypten und den Ländern der Habab, Mensa und Bogos. Quer-Folio. 78 Seiten mit 20 Chromolith. von Rob. Kretschmer, 4 Photogr. und 2 Karten. Leipzig, 1864.

[7] Dr. A. E. Brehm: Ergebnisse einer Reise nach Habesch im Gefolge u. s. w. 8°. 488 Seiten. Hamburg 1863. Rec.: „Geograph. Mitth." 1864, Heft III, S. 118. „Globus" Bd. III. 1862 Nr. 30, 1863 Nr. 34, 35. Mit Holzschnitten nach Zeichnungen von Kretschmer.

Aufenthalt der Deutschen Expedition im Hauptort der Bogos, Kerén (21. Juli bis 28. Okt. 1861), welcher geographischen und astronomischen Messungen aller Art, zoologischen
und botanischen Arbeiten [1]), ein vorhergegangener fast sie-
benjähriger des Herrn Werner Munzinger, welcher vorzugsweise ethnographischen und sprachlichen Studien ge-
widmet war [2]) lässt gewiss eine genauere Kenntniss des
Landes und Volkes voraussetzen, als wir sie über irgend
einen andern Theil Afrika's besitzen, der vor 8 Jahren
kaum dem Namen nach bekannt war. Wir haben über die
Winkelmessungen des Herrn v. Heuglin, die astronomischen
und meteorologischen des Herrn Kinzelbach, die uns hier
als Grundlagen für einen Hauptpunkt unserer Karte zunächst
angehen, schon ausführlicher in diesem Hefte gesprochen
(Abtheilung II, S. 13, und Abtheilung III, S. 25 ff.);
die Berichte oder Notizen früherer Reisenden, die das
Ländchen besuchten, wie Sapeto [3]), Graf von Thürheim,
A. de Courval, v. Beurmann [4]) u. A., sind bei der Fülle
des neuen Materials hier viel weniger von Wichtigkeit
als für die Gebiete der Mensa und Habáb. Die Route des
Herrn v. Heuglin und Dr. Steudner von Kerén durch das
Bogu-Thal zu dem berühmten Berg Zad'amba (27. Septbr.
bis 3. Oktober 1861) ist hauptsächlich nach den Berichten
der Reisenden [5]) gezeichnet, da sie auf v. Heuglin's Manuskriptkarte der Bogos-Länder (1:330.000) nicht eingetragen war; leider sind die während der Exkursion von
Dr. Steudner angestellten hypsometrischen Messungen weniger zuverlässig als die von Kinzelbach, eine genaue
Höhenmessung der beiden merkwürdigsten Berge in Bogos
und Mensa: Zad'amba und Debre-Sina, bleibt also späteren
Reisenden noch überlassen. Die Route verfolgte einen anderen Weg, als der von W. Munzinger im März 1859 ein-
geschlagene war [6]), welcher nach persönlicher Mittheilung
am West-Abfall des hohen Gebirges in die wildreiche Ebene
Schytel, am Süd-Abhang des 2000 Fuss hohen Felsenber-

ges, führte. — Wir sind in der Lage, unseren Lesern in
diesem Hefte zwei bildliche Beilagen nach Zeichnungen
von Th. v. Heuglin zu geben, von denen die eine den
Vegetations-Charakter des schönen Moqarah-Thales zeigt.
Am Ost-Fuss des etwa 1100 Fuss steil aufsteigenden Gra-
nitfels-Berges Sewán liegen die 300 Strohhütten, welche
Kerén, die Hauptstadt des Landes, bilden. Getrennt von
diesem, in einem weiten umzäunten Garten, erhebt sich
das vor mehreren Jahren errichtete stattliche Gebäude der
apostolischen (Lazaristen-) Mission, deren Vorsteher der
Pater Stella ist, ein Mann, der seit mehr als 12 Jahren
Abessinien bis südwärts in das Gebiet der Galla bereiste.
Links davon steht das Haus Werner Munzinger's, in welchem die Deutsche Expedition ihre Stätte aufgeschlagen
hatte. — Die zweite Beilage, eine Rundschau vom höchsten Gipfel des Sewán, zeigt uns die kühnen Bergformen
der Umgegend deutlicher, als eine Karte je zu thun im
Stande ist.

Beit-Takue und Marea. — Von allen den Reisen, welche
Herr Werner Munzinger während seines siebenjährigen
Aufenthaltes ganz selbstständig in Nordost-Afrika ausgeführt hat, ist die einzige kartographisch genau verarbeitete
die nach den Plateaux der beiden Marea unternommene.
Er sagt darüber in seinen „Ost-Afrikanischen Studien"
S. 185: „So nahe das Land der Marea den Bogos liegt,
so war es doch noch nicht von Europäern besucht worden,
da wir bis jetzt nicht über Halhal hinausgekommen waren.
Ein Besuch dieses Gebiets, als einer terra incognita, musste
also nicht wenig Interesse bieten und bot nebenbei die
beste Gelegenheit, über das untere Strom-Gebiet des Anseba sich ins Klare zu setzen. Während meines langen
Aufenthaltes bei den Bogos war ich trotz meines guten
Willens nie dazu gekommen, diesen Wunsch zu erfüllen;
es ist eine triviale Wahrheit, dass man aufschiebt, was
man sicher in seinen Händen zu haben glaubt. Nun mahnte
mich aber die kurze Zeit, die ich noch unter den Bogos
verbringen sollte, an die Reue, die eine unbenutzte Gelegenheit verursacht." Vom Personal der Deutschen Expedition wurde Herr Munzinger, auf seinen besonderen
Wunsch, nur von dem Jäger Schubert begleitet; seine
übrigen Begleiter waren vier eingeborne Diener und ein Han-
delsmann aus Arkeko, der die Marea schon kannte. Ihre
Ausrüstung war so einfach als möglich, da sie als Eingeborne reisen und leben wollten. Als wissenschaftliche
Instrumente führte Herr Munzinger nur seine Uhr und
einen Fernrohr-Kompass mit Stock bei sich, ein Geschenk
seines unglücklichen Freundes H. Page, das er ihm einen
Monat vor seinem Tode in Djedda geschenkt hatte. Wir
haben auf SS. 14 bis 16 alle mit diesen Instrumenten
aufgenommenen Messungen abgedruckt und fügen nur

---

[1]) S. die Aufsätze von Th. v. Heuglin in den „Geogr. Mitth."
1862, SS. 15, 25, 55, 102, 144, 277 u. s. w., von Dr. Steudner in
„Zeitschrift für Allg. Erdkunde" 1862, Abth. III. SS. 46—73, 205—215,
326—340; Th. Kinzelbach's Arbeiten in diesem Heft, N. F. XII.

[2]) W. Munzinger: Über die Sitten und das Recht der Bogos. Mit
1 Karte der nördlichen Grenzländer Abessiniens und einem Vorwort von
J. M. Ziegler. Winterthur 1859. 96 Seiten. — Recensirt in „Zeitschr.
für Allgem. Erdkunde", N. F. VII. 1859, S. 249. — Ost-Afrikanische
Studien. S. 80.

[3]) Viaggio e missione cattolica etc. Im Auszug: „Geogr. Mittheilungen" 1861, SS. 299—308. Mit Karte.

[4]) „Geograph. Mittheilungen", 1862. S. 254. — Siehe auch: Ernst,
Herzog von S.-C.-Gotha: Reise nach Ägypten und den Ländern der
Habab, Mensa und Bogos. Im Auszug in „Geograph. Mittheil." 1864,
Heft II. S. 59.

[5]) „Zeitschrift für Allgem. Erdkunde", N. F. XII, 1862, SS. 205—
215; „Geogr. Mitth." 1862, SS. 55—57.

[6]) W. Munzinger: Ein Jagd-Ausflug von Kerén im Lande der Bogos nach dem Berge Zad'amba, „Zeitschrift f. Allgem. Erdkunde" 1860,
N. F. VIII. SS. 141—151.

hinzu, dass wir bei Konstruktion derselben, obgleich diess die erste detaillirte Routen-Aufnahme des Reisenden war, erstaunt gewesen sind über die Gewissenhaftigkeit ihrer Aufnotirung wie über die Genauigkeit, mit welcher bei Konstruktion der Rückreise der Endpunkt mit dem Ausgangspunkt der Hinreise, nämlich der Adansonie im Bab Gengeren, zusammenfiel. Zur genauen Bestimmung des Endpunktes der ganzen Reise, Debr-Kuddus, war eine Messung der Richtung von Bischa in den Barea-Ländern von grösster Wichtigkeit, zugleich konnte daraus die magnetische Variation für diesen Theil der Karte annähernd richtig zu 5° W. abgeleitet werden (s. auch S. 15 Anmerk.). Das Terrain-Bild der durchreisten Länder ist nach Munzinger's Karten-Skizze, einer Menge Quer- und Längs-Profile, die unter seinen Augen von uns entworfen wurden, nach dem Reisebericht und einer trefflichen „Geographischen Skizze über das Anseba-Land" in seinen „Ost-Afrikanischen Studien" (SS. 185—254 und 255—271) gezeichnet[1].

Politische Eintheilung. — Die bisher betrachteten Gebiete des Hochlandes ausser Habáb, früher frei und unabhängig, gehören jetzt politisch mehr oder weniger zu Abessinien, wenigstens kommt alljährlich ein Abessinischer Fürst mit grosser Waffengewalt von Hamasen herüber, um den schweren Tribut einzutreiben. Das Tiefland des Samhar gehört politisch den Türken, welche von Massua und Arabien her ihren Einfluss ausüben; die Beduan-Stämme, die Habáb, die Saho oder Schohos und alle die kleinen Nomaden-Stämme des Samhar sind der Türkei tributpflichtig und stehen unter dem Naïb, der in Arkeko residirt. Während des Samhar-Sommers ziehen sie ins Hochland, um dort die Weide zu benutzen. Die wenigen festen Niederlassungen der Beduan sind: Asus, Ailet, Gumhod und Zaga, alle übrigen fruchtbaren Theile des Tieflandes sind Grundbesitz oder seit alten Zeiten Weidegut der Hochländler, die im November bis Januar mit ihren Heerden herabsteigen; so besitzt z. B. Mensa die Ebenen von Gedged und Schöb, Gümmegan oder Dembesan alles Tiefland zwischen Gedged und Schöb im Norden und Asus und Gabe im Süden; der kleine Stamm Tsanadeglé hat das Thal zwischen Arkeko und Zaga, Karneschim das Thal Motad inne. Das Samhar als Land gehört also nur nominell den Türken, faktisch zu Abessinien[2]. Die erste eigentliche Provinz des letzteren ist:

Hamasén. Bevor uns für dieses als Quell-Gebiet des Anseba und Máreb merkwürdige Land genaue Nachrichten

durch Munzinger, eine geographische Basis durch v. Heuglin geworden ist, war das Karten-Material darüber dürftig genug, obgleich das Land von mehreren Reisenden besucht wurde[1]. Die Route eines in Abessinien viel gereisten Engländers, Mr Pearce, welcher 1809 die siegreiche Armee des Ras Welled Selassé durch Hamasén begleitete, ist auf der Karte von Henry Salt[2] angegeben, aber bei unserer jetzigen Kenntniss des Landes ohne Werth. Nach diesem ist Baron v. Katte der erste, der im Jahre 1836 das Hoch-Plateau von Hamasén, bis 1858 der einzige gebildete Europäer, welcher die Hauptstadt Tsazega besucht hat[3]. Beinahe in Vergessenheit gerathen, sind seine Forschungen erst durch die neuesten Reisen auf das Glänzendste bestätigt. Er betrat von Ailet aufsteigend den Rand des Hochgebirges bei den Bergen von Gorimba oder Gurumba, durchzog es auf einer noch nie wieder betretenen Route bis zur Hauptstadt, woselbst ihn sein Missgeschick, das ihn während seiner ganzen Reisen überhaupt nicht verlassen hat, zu einem 17tägigen traurigen Aufenthalt (1. bis 17. August 1836) zwang, ohne dass er im Stande war, sich der Lösung einer wichtigen geographischen Frage hinzugeben, die ihm hier so leicht gewesen wäre. Auf seiner Weiterreise nach Gurra scheint er nach seiner Schilderung den Máreb östlich von Debaroa berührt zu haben. — Die Angaben der Reisenden Combes und Tamisier[4], welche 1837 den Máreb nahe seiner Quelle überschritten, sind lediglich durch die Fehlerhaftigkeit ihres Berichtes und zahlreiche Widersprüche mit ihrer Karte[5], die alle ihre Forschungs-Resultate in arge Verwirrung gebracht haben, auch für diesen Theil ihrer Route in Misskredit gekommen[6]. — Ferret und Galinier[7], die 1842 auf ihrer Rückreise Adi-Baro, Az-Gebrai

---

[1] S. auch Dr. Barth's Auszug aus Munzinger's Manuskript-Tagebuch, „Zeitschrift für Allgemeine Erdkunde", Jahrg. 1862, N. F. XII, SS. 162—174, 356—363.

[2] Ausführlicheres darüber s. in W. Munzinger „Ost-Afrikanische Studien", SS. 132—142.

---

[1] S. Karte und Bemerkungen in „Geograph. Mittheilungen" 1861, Tafel 11 und SS. 300 u. 301.

[2] Map of Abyssinia and the adjacent Districts laid down partly from original observations taken in the Country and partly compiled from Information collected there by Henry Salt, Esqr, 1809 and 1810. Maassstab 1:1.500.000. — Und: Henry Salt: A Voyage to Abyssinia and Travels into the Interior of that Country etc. etc. 4°, London 1814, p. 307 u. 308.

[3] A. v. Katte: Reise in Abyssinien im Jahre 1836. Stuttgart und Tübingen 1838 (In Widenmann und Hauff's Reisen und Länderbeschreibungen, 15. Lieferung), SS. 9—44. — Die Route, nach dem Tagebuch konstruirt, ist angegeben auf Tafel 11 des Jahrgangs 1861 der „Geographischen Mittheilungen". Über seine astronomischen Ortsbestimmungen siehe Ed. Rüppell: Reise in Abyssinien, Frankfurt a. M. 1838—1840, Bd. II, S. 413.

[4] Voyage en Abyssinie, dans le pays de Galla etc., Paris 1838, Tom. IV, pp. 183—208. Bulletin de la Soc. de Géographie 1837, II, 8, pp. 34 ff.

[5] Carte de l'Abyssinie, du pays des Galla, de Choa et d'Ifat, dressée par Mrs Combes et Tamisier, dessinée par A. Vuillemain 1838. Maassstab 1:2.273.000.

[6] Ed. Rüppell's Irrthum, dass ein Fluss Namens Máreb überhaupt gar nicht existire, sondern nur ein „grosser sumpfiger und beholzter Distrikt Maleb", scheint zum Theil aus den widersprechenden und ungenügenden Angaben der Reisenden entstanden zu sein; siehe Reise in Abyssinien, Bd. II, SS. 301 und 302; Bd. I, S. 308.

[7] Voyage en Abyssinie, dans les Provinces du Tigré, du Samen

und Asmara berührten, haben eine genaue Beschreibung des gesehenen Landes gegeben, aber ihre Karte [1]), die bisher als die beste für Abessinien gelten musste, ist in der Zeichnung der orographischen Gestaltung der durchzogenen Gebiete höchst mangelhaft, ihre Route inkorrekt. Adi-Baro liegt nach ihrer astronomisch bestimmten Position 2′ nördlich und 5½′ östlich von der durch unsere Konstruktion festgestellten Position. — Durch Antoine d'Abbadie sind Position und Höhe von Kasen, Zalot und Damba bestimmt worden, eine nach ersterem Ort führende Route vom 18. bis 22. November 1844 [2]) giebt einige topographische Details. — Von Werner Munzinger's Reisen durch mehrere Theile der Provinz haben wir leider nicht viel mehr als eine allgemeine geographische Charakteristik des Boden-Reliefs [3]), eine Liste der Orte eines jeden Gaues (auf S. 18 dieses Heftes) und deren Abgrenzung, die er uns persönlich einzeichnen konnte. Die erste feste Grundlage für Zeichnung des Landes boten Herrn v. Heuglin's Routen-Aufnahme (S. 16, Station I—IV) so wie sein und Dr. Steudner's interessanter Reisebericht [4]). Th. Kinzelbach's Breitenbestimmung für Tsazega (s. S. 27) weicht von unserer Bestimmung um 7′ nach N. ab.

Saraë. — Von den sehr zahlreichen Routen, welche vor der Deutschen Expedition den östlichen Theil dieses Gebiets berührten, als z. B. denen von Combes und Tamisier 1836, Mansfield Parkyns [5]) 1841, Lefebvre's Expedition [6]) Januar und Februar 1842, Ferret und Galinier 1842, Beke [7]) Mai 1843, des Missionärs Isenberg [8]) April und Mai 1843, d'Abbadie Juni 1848 [9]) und Anderen, haben wir nur die von Lefebvre und Ferret und Galinier an-

gedeutet, natürlich korrigirt nach v. Heuglin's Angaben. Alles, was wir von diesen Reisenden über das Land erfahren, ist unbedeutend neben der reichen Belehrung, welche uns auch hier durch Munzinger [1]), v. Heuglin [2]) und Dr. Steudner [3]) geworden ist; Kohein ist durch die Reise Munzinger's und Kinzelbach's (November 1861) erschlossen [4]), der westliche Theil von Saraë, die volkreiche Qolla Saraë oder das Land der Dembelas, dessen Erforschung sich schon Mansfield Parkyns [5]) vergeblich zur Aufgabe gemacht hatte, harrt noch des kühnen Reisenden. Sonderbar ist, dass von keinem der Reisenden die merkwürdige Doppelkuppe des Berges Kesadaro erwähnt wird, dessen genaue Positionsbestimmung durch d'Abbadie (M^{ta} Gorzo) für die Niederlegung der Routen-Stationen v. Heuglin's und Munzinger's von so grosser Wichtigkeit geworden ist (s. SS. 16 ff.). Zwei andere von d'Abbadie bestimmte Punkte sind der Ort Gundet (Guindat nach seiner Schreibweise) und eine westlich davon nahe gelegene Bergspitze, der er wegen ihrer Form den Abessinischen Namen Mt Cara gegeben hat [6]). Unsere Annahme des erstgenannten Punktes als feststehende Position war, wie bereits oben (S. 37) erwähnt wurde, die Veranlassung, dass wir Th. Kinzelbach's Längenbestimmung für Mai-Scheka (S. 27) unberücksichtigt lassen mussten, weil nach derselben dieser Ort nordwestlich von Gundet zu liegen käme, während alle Winkelmessungen, unsere Haupt-Konstruktions-Elemente, ihn nordnordöstlich verlegen; die daraus entstandene Differenz zwischen Kinzelbach's und unserer Annahme ist 5′ 30″; dagegen stimmen Kinzelbach's Breitenbestimmungen für Godofelassie und Mai-Scheka (S. 27) vortrefflich mit unseren Resultaten. In Bezug auf den Mt Cara d'Abbadie's mussten wir uns über die Höhen-Angabe wundern, die 7317 Pariser Fuss, also genau 2000 F. über Gundet, 3000 F. über dem Mareb beträgt. Weder Munzinger noch v. Heuglin, noch irgend ein anderer Reisender erwähnt eine solche jedenfalls doch sehr in die Augen fallende Bergspitze; sollte da nicht irgend ein Berechnungs- oder Druckfehler in d'Abbadie's Liste zu vermuthen sein?

Schiré, Tigre, Agame, Okule-Kusai. — Wir fassen diese vier Provinzen als ein Gebiet zusammen, welches als das von allen Abessinischen Reisenden, von Poncet und Bruce an bis Lejean, am meisten berührte bezeichnet werden

---

et de l'Amhara. 8°. Paris 1847, 1848. Bulletin de la Soc. de Géographie 1845, III, 3, pp. 288 ff.

[1]) Carte d'une partie de l'Abyssinie, dressée sur les lieux en 1841 et 1842 par MM. Ferret et Galinier, Capitaines d'État-Major. D'après leurs reconnaissances, leurs observations astronomiques et les renseignements pris dans le pays. Échelle 1:600.000.

[2]) Géodésie d'Éthiopie, pag. 401.

[3]) Ost-Afrikanische Studien, SS. 256 ff., und Nouvelles Annales des Voyages 1858, III, pp. 257—261.

[4]) „Geographische Mittheilungen" 1862, SS. 102 ff.; Zeitschrift für Allg. Erdkunde, N. F. XII, S. 326 ff.

[5]) Life in Abyssinia, being Notes collected during three Years Residence and Travels in that Country, London 1843, Vol. II, pp. 137 bis 160.

[6]) Théophile Lefebvre: Voyage en Abyssinie exécuté pendant les Années 1839—1843 etc. 3 Bde. 8° mit Atlas. Vol. I, pp. 322 ff., Vol. III, pp. XIV u. 16—19. — Die zum Werk gehörige Karte: Carte générale d'Abyssinie, dressée par M^r le Lieutenant de Vaisseau Th. Lefebvre, im Maassstab 1:1.680.000 ist sehr fehlerhaft.

[7]) Die detaillirte Routenbeschreibung endet bei Adua, nördlich davon ist Beke's Route nur in Notiz und Karte angedeutet. Journal of the Royal Geogr. Soc. 1844, Vol. 14, p. 63.

[8]) Wichtig wegen seines längeren Aufenthaltes in Adi-Huala bei Mai-Scheka. Carl Wilh. Isenberg: Abessinien und die Evangelische Mission. Erlebnisse in Ägypten, auf und an dem Rothen Meere u. s. w. Bonn 1844. Bd. I, SS. 215—226; Bd. II, SS. 1—40.

[9]) Die Route ist nicht speziell beschrieben. Géodésie d'Éthiopie,

p. 421. Einige Notizen über den Mareb siehe Bulletin de la Soc. de Géogr. II, 18, pp. 205 ff.

[1]) Geographische Beschreibung von Saraë. Ost-Afrikanische Studien, SS. 373—389.

[2]) „Geogr. Mitth." 1862, SS. 102—107; S. 16 u. 17 dieses Heftes.

[3]) Zeitschrift für Allgem. Erdkunde, N. F. XII, SS. 326—340.

[4]) Ost-Afrikanische Studien, SS. 390—404.

[5]) Life in Abyssinia, Vol. I, p. 336.

[6]) Nr. 46 u. 47 der Positionen, in Géodésie d'Éthiopie. p. 424.

kann. Wir hätten deshalb bei Zeichnung dieses Theils unserer Karte, wie wir meist zu thun pflegen, gern einmal alle uns zugänglichen Reiseberichte und Karten im Anschluss an d'Abbadie's zahlreiche Positionen kartographisch verarbeitet, allein erstens erfordert eine solche Arbeit bei weitem mehr Zeit und einen grösseren Maassstab, als uns für die vorliegende Karte zu Gebote stand, zweitens wollten wir nicht über den beabsichtigten Zweck, nämlich vorzugsweise ein Resultat der Deutschen Expedition und der Arbeiten d'Abbadie's zu geben, hinausgehen. — So reich d'Abbadie's „Géodésie d'Éthiopie" gerade für diese Provinzen an Positionen und Höhenmessungen — circa 100 Bergkuppen oder Orte — so wie Itinerarien aus den Jahren 1838 bis 1848 ist, so lassen doch diese allein noch lange nicht die Zeichnung eines korrekten geographischen Bildes zu; ein solches zu geben, ist von d'Abbadie beabsichtigt und auch allein möglich in seinen noch in Stich befindlichen Karten (zehn Blätter in 1:500.000 und ein Übersichtsblatt von ganz Abessinien), die wir vergeblich zur Benutzung für unsere Karte erwartet hatten. Hoffentlich werden dabei die Routenbeschreibungen früherer Reisenden erschöpfend benutzt sein, da viele derselben Strecken berühren, die von d'Abbadie nicht durchzogen wurden, wie z. B. den Entitscho-Distrikt zwischen den Distrikten Yeha und Adi-Grat: von Ferret und Galinier; das Land nordöstlich von Debre-Damo bis Halai, das von A. v. Katte Ende 1836 zu Fuss durchwandert und ziemlich gut beschrieben wurde[1]; ferner wäre vor Allem Rüppell's wichtige Beschreibung seiner Route von Halai nach Adi-Grat, Mai 1832[2], längs dem Ost-Abfall des Abessinischen Hochgebirges, der leider nicht mehr auf unsere Karte fällt, neu zu konstruiren, da die zu seinem Werk gehörige Karte die Route äusserst mangelhaft und im Widerspruch mit dem Text zeigt. Zwei durch d'Abbadie bestimmte Positionen, des Berges Sawayra (14° 42,24' N. B., 37° 15,24' Östl. L. von Paris, 9790 Par. F. hoch) und des Berges Sanáfe (14° 26,58' N. B., 37° 18,21' Östl. L. von Paris, 10,245 Par. F. hoch) harmoniren mit den aus Rüppell's Itinerar abgeleiteten Positionen vortrefflich, bringen aber die astronomisch bestimmte Breite von Barakit (14° 35'21")[3] etwas südlicher. — Von Lefebvre's Winkelmessungen haben wir die von Amba-Beeza aus genommenen[4] zur genauen Bestimmung der Lage dieses Punktes benutzen können. von Wichtigkeit ist auch in Lefebvre's Werk die Beschrei-

bung der Abessinischen Provinzen[1]), viele dabei gegebene Listen von Azimuth-Winkelmessungen sind noch jetzt von mehr Werth als die wirklich schlechte Karte Lefebvre's; berücksichtigt wurden endlich zwei Höhen-Angaben für den Máreb, nahe seiner Quelle und gegenüber Gundet[2]). — Eine Aufklärung des Fluss-Netzes in den genannten vier Provinzen, über das wir trotz der vielen Reisen noch sehr im Dunkeln tappen, wäre sehr wünschenswerth und wird hoffentlich durch d'Abbadie's Karte erledigt. Eine geologische Karte der Umgegend von Adua und Axum bis zum Máreb im Maassstab von 1:70.000 ist einem Brief des Französischen Konsuls Lejean[3]) zufolge von dem viel genannten Naturforscher Schimper in Arbeit genommen, worin er seine während mehrerer Jahrzehnte gesammelten Materialien über seine zweite Heimath niederlegt. — Herrn v. Heuglin's Winkelmessungen von Abba-Gerima, Adua und Adi-Jesus aus (Stationen XI, XII und XIII, SS. 17 und 18), die sich zum grossen Theil auf Bergkuppen im Süden von Tigre, Schiré u. s. w. beziehen, werden bei Bearbeitung seiner Reisen in Abessinien, 1862, von grossem Werth und Nutzen sein.

Adiabo ist vor Munzinger und Kinzelbach zuerst von zwei Mitgliedern der Französischen Expedition unter Lefebvre: Petit und Dillon, Behufs botanischer und zoologischer Sammlungen besucht worden. Beide holten sich in der ungesunden Niederung des Máreb den Tod. Dillon, der Botaniker der Expedition, starb in Aver-Semakha in Schiré, Dr. Petit war es möglich, auf seinem Sterbebett bald nachher seinem Freunde Lefebvre einen kurzen allgemeinen Bericht[4]) über diese Exkursion abzulegen, der für unsere Zwecke unbedeutend ist. Sie verfolgten im Juni 1840 eine Route, von der uns nur die Namen der Stationen geblieben sind[5]), ohne Andeutung ihrer Lage; ein Dorf Namens Rorote, 2 Stunden vom Máreb entfernt, in der Nähe des Mai-Tschena, war das Hauptquartier für die Jagd-Exkursionen nach der Umgebung. Nicht viel ergiebiger für die Topographie von Adiabo ist Mansfield Parkyns' dreivierteljähriger Aufenthalt (vom Oktober 1843 bis Juni 1844) im Rohabaita-Distrikt gewesen, obgleich er von seinem Wohnort Addi-Harischo aus zahlreiche Exkursionen nach allen Richtungen hin gemacht hat[6]). Zwei dieser Exkursionen haben wir mit Hülfe einiger Angaben aus seinem Tagebuch und einem

---

[1]) A. v. Katte: Reise in Abyssinien im Jahre 1836, SS. 151 bis 166.

[2]) Ed. Rüppell: Reise in Abessinien, Frankfurt a. M. 1840, Bd. I, SS. 318—341.

[3]) Reise in Abyssinien, Bd. I, S. 416.

[4]) Théophile Lefebvre: Voyage en Abyssinie etc. etc. Vol. III, p. 30.

---

[1]) Th. Lefebvre: Voyage en Abyssinie, Vol. III, pp. 15—66. — Eine Liste von 37 Distrikt-Namen von Schiré s. ebenda p. 125.

[2]) Ebenda Vol. III, p. 19.

[3]) „Geogr. Mittheil." 1864, S. 165.

[4]) Th. Lefebvre: Voyage en Abyssinie, Vol. I, pp. 211—221. — Bulletin de la Soc. de Géographie, III, 3, 1845, p. 31 ff.

[5]) Ebenda Vol. III, p. XII. Eine Beschreibung der Provinz Adiabo und der benachbarten Distrikte s. ebenda p. 32—33.

[6]) Life in Abyssinia etc. Vol. I, pp. 242—351.

Briefe, der Berichtigungen seiner Karte [1]) giebt, in unsere Karte richtig eintragen können. Das Buch enthält hauptsächlich sehr ausführliche Erzählungen der Jagd-Abenteuer des Verfassers, seiner persönlichen Erlebnisse und eine Schilderung seiner intimen Freundschaft, in die er sich mit dem Völkchen seiner Umgebung hineinzuleben vermocht hatte, bietet aber jedenfalls dem Ethnographen viel werthvolles Material [2]). — Für Niederlegung der Route W. Munzinger's und Kinzelbach's war d'Abbadie's Bestimmung der beiden Bergkuppen bei Az-Daro [3]), dem Haupt-Marktplatz von Adiabo, von grossem Werth, da Munzinger von mehreren Stationen aus diese pyramidal aus der Ebene aufsteigenden Spitzen visirte (SS. 19 u. 20). Die topographische Zeichnung ist nach Werner Munzinger's Tagebuch [4]) und Kartencroquis.

Land der Kunáma und der Barea. — Das nunmehr so reiche geographische und ethnographische Material über dieses Gebiet, dessen Bewohner früher schlechtweg als Schankalla, d. h. Heiden, oder durch Parkyns als Basena [5]) bekannt waren, verdanken wir ausschliesslich der Deutschen Expedition, deren eine Abtheilung unter W. Munzinger beide Länder zum ersten Mal durchschnitt und deren Resultate in Munzinger's „Ost-Afrikanischen Studien" [6]) und diesem Heft zuerst publicirt werden. Im Süden, in der Nähe des Dika, wie die Kunáma den Takkaze-Strom nennen, ward das Gebiet der Bazen von dem Engländer Baker berührt, doch ist über dessen Reisen, ausser der von uns benutzten Manuskript-Karte von Th. v. Heuglin, noch nichts Ausführliches erschienen [7]). Die Einzeichnung des Takkaze-Flusses und aller in dessen Nähe fallenden Routen Baker's geschah auf Grund zweier fester Punkte, von denen der eine, die Vereinigung des Takkaze oder Settit mit dem Goang, von wo der Strom dann den Namen „Atbara" annimmt, aus Herrn v. Heuglin's Breitenbestimmung

von Snq-Abu-Sin in Qedaref [1]) abgeleitet wurde, der andere, Birkuttan oder Dorkutan [2]), die weit sichtbare Amba von Wolkait, durch d'Abbadie trigonometrisch von 4 Stationen aus festgestellt worden ist. — In Bezug auf den Namen „Barea" ist zu bemerken, dass derselbe im Lande selbst nicht einheimisch, sondern nur in Abessinien gebräuchlich ist, wo Barea „Sklave" heisst; Herr Munzinger konnte keinen Kollektiv-Namen für das Volk erfahren. Die Barea selbst nennen das Volk aus dem Gau Hagr „Nere", den zweiten Gau bilden die Mogoréb. Von den Kunáma werden die Barea „Marda", ihr Land „Kolkotta" genannt. — Politisch nehmen beide Völker eine von den Nachbar-Reichen Abessinien und Ägypten, zwischen denen sie als Zankapfel liegen, abhängige, schwere Stellung ein; einzelne Gaue der Kunáma sind von Abessinischen Feldherren unter die Herrschaft des Kaisers Theodor gebracht oder diesem tributpflichtig, so Mai-Daro, Betkom, Alommé oder Alemmo, Afla, Anal, Eimasa an die Provinz Adiabo, Dika an Wolkait, von dem es 1862 unterworfen wurde. Die beiden Gaue der Barea, ferner Eimasa und Selest-Logodat sind den Abessiniern wie den Türken von Taka tributzahlend. — Bei unserer Konstruktion der Route als Basis für alles weitere Detail, nach den auf SS. 19—21 abgedruckten Elementen W. Munzinger's, sind wir genöthigt gewesen, etwas von Herrn Kinzelbach's Breitenbestimmungen, die grösstentheils um wenige Bogen-Minuten südlicher fallen, abzugehen, um das günstige Resultat der Niederlegung von Munzinger's vortrefflichen Beobachtungen nicht wieder zu verwirren. Wir wurden in dieser Ansicht bestärkt durch den günstigen Umstand, dass der Endpunkt Kassala nach unserer Konstruktion von Kinzelbach's astronomischer Position nur um 6 Minuten nach Westen, 1 Bogen-Minute nach Süden abwich; das Mittel aus beiden Bestimmungen gab uns die Position für Kassala.

Taka, Qedaref, Gebiet der Hadendoa und Beni Amer. — Kassala liegt nach dieser Positions-Annahme um 23 Bogen-Minuten östlich von unserer Annahme bei Zeichnung der mehr erwähnten Karte von Nordost-Afrika und 5 Minuten südlicher. Gos Redjeb am Atbara, aus Kinzelbach's Breitenbestimmung und Munzinger's Entfernungs-Angaben abgeleitet, kommt 20' östlicher, $7\frac{1}{2}'$ südlicher zu liegen. Diese beiden neu erworbenen Positionen und als dritter fester Punkt Damer am Nil bilden nun die Grundlage für Einzeichnung der Routen, welche im Norden von Kassala aus zur Küste bei Suakin oder zum Nil längs des unteren Atbara aus-

---

[1]) Map of part of Abyssinia and Nubia to illustrate the journey of Mansfield Parkyns, Esq. Drawn by Aug. Petermann. Maassstab 1:1.800,000. Zum Werk gehörig.

[2]) Life in Abyssinia, Vol. I, pp. 352—398, Chapter XXVII. Manners and Customs.

[3]) Nr. 154 u. 172 der Liste der Positionen, in Géodésie d'Éthiopie, pp. 426 und 427.

[4]) Ost-Afrikanische Studien, SS. 405—418.

[5]) Bazen oder Baza werden die Kunáma von den Nachbar-Völkern genannt.

[6]) Ost-Afrikanische Studien, SS. 404—536, und zwar nach folgenden Kapiteln: SS. 404—435: Reisebericht von Az-Nebrid bis Kassala; SS. 436—447: Monographie über den Máreb (s. auch „Geogr. Mitth." 1864, S. 135); SS. 448—455: Land und Volk der Kunáma und Barea; SS. 456—464: Verhältniss zum Ausland; SS. 465—468: Äusseres Ansehen der beiden Völker; SS. 467—485: Religion und Recht; SS. 486 bis 492: Familie; SS. 493—497: Das Eigenthum; SS. 498—504: Blutrecht; SS. 505—536: Inneres Leben, Wohnung und Geräth; Viehzucht, Ackerbau, Handel; Nahrung; Häusliches Leben; Schlussbetrachtungen.

[7]) Notizen über Baker's Reisen am Takkaze s. in: Proceedings of the Royal Geographical Society 1863, Vol. VII, p. 21. „Geograph. Mittheilungen", 1863, S. 105.

---

[1]) Bestimmung der Breite am 20. Juni 1862, s. „Geogr. Mitth." 1862, S. 384. Berechnet von Dr. Bruhns, s. S. 46 dieses Heftes. Die Länge, bestimmt aus Konstruktion der Route, ist von v. Heuglin's Manuskript-Karte entlehnt.

[2]) Nr. 175 in d'Abbadie's Liste der Positionen. Mᶜ Qabtiya ist Nr. 170. Géodésie d'Éthiopie, p. 427.

gehen. Zu den älteren solcher Routen, die wir diess Mal nicht speziell durch Signaturen unterschieden haben, also z. B. denen von Burckhardt, de Courval, Ferdinand Werne u. A. [1]), sind bei Bearbeitung der vorliegenden Karte hinzugekommen: 1) Moritz von Beurmann's Route 1860 [2]), 2) die Route eines Ägyptischen Bimbaschi, Saleh Effendi, durch das Gebiet der Beni Amer, die wir nach Herrn v. Heuglin's Erkundigungen (siehe SS. 23—25) gezeichnet haben, und 3) Munzinger's und Kinzelbach's Route längs des Atbara nach Damer, 1862, nach dem Bericht im Manuskript-Tagebuch des Ersteren (abgedruckt auf SS. 22 und 23).

Der Lauf des Atbara im Süden des Parallels von Kassala hat in Folge der östlicheren Lage letzteren Ortes und in Folge einer genaueren Bestimmung der Lage von Suq-Abu-Sin in Qedaref, welche dasselbe um 17' westlich von unserer früheren Annahme bringt, eine Richtung bekommen, die wir nach den Itinerarbeschreibungen älterer wie moderner Reisenden als allein richtig annehmen müssen, nämlich Nord zu Ost, während wir bei Konstruktion unseres „Entwurfs einer Karte von Nord-Ost-Afrika" gezwungen waren, dem Fluss eine Richtung zu geben, die zwischen NNW. und NNW. zu W. schwankt. Von den neuen Reisen, die dabei besondere Verwendung fanden, ist vornehmlich die von Moritz v. Beurmann im Jahre 1860 zu nennen, über die uns, ausser einem Auszug aus dem Tagebuch des Reisenden [3]), eine Manuskript-Kartenskizze [4]) vorlag, woher die Details der Zeichnung entnommen sind. Über W. Baker's Route längs dem Atbara 1861 und 1862 schreibt Herr v. Houglin in einem Brief, datirt Chartúm 18. September 1862:

„Nach der bestimmtesten Versicherung dieses Reisenden ist die Richtung des Atbara zwischen Tokenai bei Metemeh und Qorasi, westlich von Kassala, Nord 1 bis 2 Striche Ost! ohne Rücksicht auf Abweichung der Magnetnadel". Die diesen Brief begleitende Manuskriptkarte von Baker's Reisen (1:1.000.000) giebt leider keine Details für den Lauf des Atbara; obige Notiz ist aber berücksichtigt worden. — Von G. Lejean's angekündigten umfangreichen Arbeiten über diese Theile Nordost-Afrika's ist Nichts weiter als eine vorläufige kurze Schilderung seiner Reise-Erlebnisse auf dem Wege von Suakin über Kassala nach Chartúm erschienen [5]), die aber Nichts zur Bereicherung unserer Karte bei-

tragen konnte. Eine von demselben in Aussicht gestellte Spezial-Karte von Qedaref ist noch nicht erschienen; unsere Zeichnung dieser Landschaft beruht lediglich auf einer neuen, von Th. v. Heuglin in Chartúm gezeichneten Manuskriptkarte (1:1.000.000) seiner Reise durch Abessinien. Als Grundlage für diese Karte dienten ihm 1) eine sehr genaue Aufnahme des Itinerars nach Entfernung und Direktion, 2) Bestimmung der Breite von Suq-Abu-Sin und der Magnetischen Variation in Doka. Über die astronomische Breitenbestimmung sagt Dr. Bruhns, welcher die Berechnung der in „Geograph. Mittheil." 1862, S. 384 abgedruckten Beobachtungs-Elemente übernommen hatte, Folgendes: „Die Beobachtungen des Herrn v. Heuglin in Suq-Abu-Sin, 20. Juni 1862, scheinen dem unteren Sonnenrande anzugehören, und wenn man den Indexfehler, der vergessen ist anzugeben, gleich Null setzt, so folgt die Breite von Suq-Abu-Sin zu:

14° 2,8' Nördlicher Breite.

(Der obere Rand gäbe eine 1½° südlichere Breite.)"

Die Abweichung der Magnetnadel vom Polarstern beträgt nach Herrn v. Heuglin's Beobachtung in Doka am Montag den 16. Juni 1862 Abends 10 Uhr: 4° 45' W. Nach Dr. Bruhns' Berechnung beträgt die Variation nur 3° 51' W., wenn unter Herrn von Henglin's Polarstern das α Ursae minoris zu verstehen ist, welches am 16. Juni Abends 10 Uhr im Azimuth 54' östlich vom Nordpunkt stand. —

Was wir über die Gebiete der Hadendoa und Beni Amer im Norden unserer Karte noch zu erwähnen hätten, ist zum Theil schon auf SS. 23 ff. erledigt worden. Das dort mitgetheilte Itinerar des Saleh Effendi berührt westlich und nördlich der Mares- und Habáb-Länder das Gebiet der Erkundigungen W. Munzinger's; obgleich nun die Route wenig mit letzteren zu harmoniren scheint, namentlich aber die Schreibart der Namen, als aus dem Munde eines Türkischen Lieutenants stammend, bei jenem gründlichen Kenner der Beni Amer-Sprache, des tó-bedauie, gelinde Zweifel hervorrief, — so hielten wir doch diess neue Itinerar für zu wichtig, um es ganz von der Benutzung auszuschliessen. Alle Angaben im Flussgebiet des Barka, und die Namen der Wander-Stämme der Beni Amer-Nation sind einer wichtigen Monographie Werner Munzinger's über diess mächtige Nomaden-Volk Ost-Afrika's entnommen, welche als ein Glanzpunkt in den „Ost-Afrikanischen Studien" [2]) hervorgehoben zu werden verdient.

---

[1]) S. Entwurf einer Karte von Ost-Afrika u. s. w. 1:1.500.000. Mit Mémoire, SS. 6 und 7: Routen, die sich an Suakin anschliessen.
[2]) „Geograph. Mitth." 1862, SS. 125, 165, 212.
[3]) „Geograph. Mittheilungen" 1862, SS. 165—167.
[4]) Im Maassstab 1:1.500.000. Enthaltend die Route von Kassala bis Chartúm und zurück.
[5]) Le Tour du Monde 1861, I⁻ Sémestre, pp. 139—144, mit

---

3 Holzschnitten, und 1862, I⁻ Sémestre, pp. 177—192. Mit 7 Holzschnitten und 1 Karten-Skizze.
[2]) SS. 272—369.

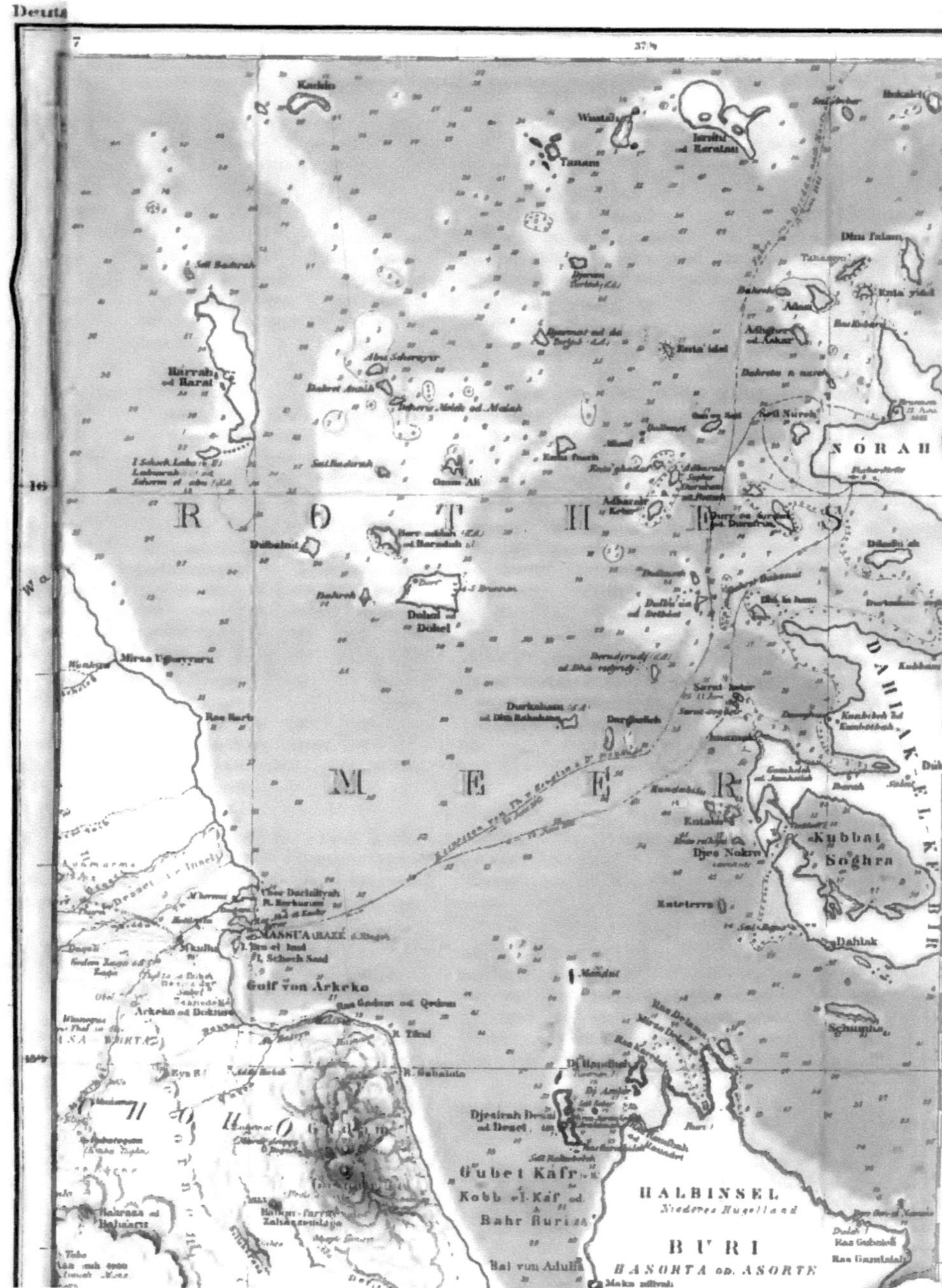

Kaskin
Winstala
Tanam
Israfil od. Karatan
Dhu l'aian
Tahassru
Barrah od. Barat
Sell Bahrah
Abu Scherger
Bahret Anais
Barree Meleh od. Melah
I Scherk Laba
Ladwarah
Sahrm el abu
Omm Ali
NORAH
R O T H E S
Dulbaiat
Dahrah
Dalal od. Dohel
Miraa Uharyaru
Ras Harbi
DAHLAK EL KEBIR
Darkahaus
Darghalleh
M E E R
Sarat Kebir
Sarat Seghir
Kundubia
Kybbat
Soghra
Djes Nokru
Entetera
Oser Dachiliyah
R. Rorhuraui
MASSUA RAZÉ
R. Sro el baid
R. Schech Said
Gulf von Arkeko
Ras Gadum od. Qedem
Arkeko od. Dokhno
R. Tifral
R. Subalain
Mandtut
ASA WORTA
Eya
Adal Aïkh
Dji Unguluh
Dji Amgha
Djesirah Dessi
od. Dessei
Gubet Kafr
Kobb el Kaf od.
Bahr Buris
HALBINSEL
Niederes Hügelland
Bahrasa od.
Baluari
BURI
Tabo
Aaa mah
Bai von Adulis
HASORTA od. ASORTE
Makn

ORIGINALKARTE
von
HAMASEN, SARAË, ADIABO &c.
in
NORD-ABESSINIEN.

Nach den Arbeiten & Aufnahmen von
Th. v. Heuglin, Werner Munzinger, A. d'Abbadie u. A.

Entworfen von A. Petermann,

bearbeitet und gezeichnet von B. Bacxenstein.

Maafsstab 1:500000.

Erklärungen.

Ostliche Länge von Paris

Qolla - Saraë
oder Dembelas

FAMILIE AZ TESFA in zahlreichen Doerfern

SARAË

ADIABO

SCHIRE

TIGRE

HAMASEN

Gan veta

Loggon Tschuan

Abba Mata

Arasa Distr.

AZ-MONTENTI

ATO-ANBESA

Baraka-Kohein

KOHEIN

AZ MAFE

Adarbat

Gura

Schatze

Mai Tade

Dolla

Gunde

Hawelo

Beeza Distr.

B
B. Benlingrimm
Mai Tsade
Pariser Fuss
BOGOS
Ascharateb
B. Sewan
MENSA
KEREN
Kolsebs Thal
Rota Thal
Geleb
Maafstab
Der Längenmaassstab der drei Profile
ist gleich dem der Karte (1:1000000)
der Höhenmaassstab 10 mal grösser
Gedged
Samhar
Rothes Meer
Querprofil des Nordabessinischen Plateaus von C bis D
38
39
Lith. Anst. von C. Hellfarth in Gotha